Best Time

白马时光

热水袋与冰西瓜.

因为是你，爱慕未停

热水袋与冰西瓜 著

天津出版传媒集团
天津人民出版社

图书在版编目（CIP）数据

因为是你，爱慕未停 / 热水袋，冰西瓜著．— 天津：天津人民出版社，2018.6
ISBN 978-7-201-13579-3

Ⅰ．①因… Ⅱ．①热… ②冰… Ⅲ．①随笔－作品集－中国－当代 Ⅳ．① I267.1

中国版本图书馆 CIP 数据核字（2018）第 116975 号

因为是你，爱慕未停
YINWEI SHI NI, AIMU WEI TING
热水袋与冰西瓜 著

出　　版　天津人民出版社
出 版 人　黄　沛
地　　址　天津市和平区西康路 35 号康岳大厦
邮政编码　300051
邮购电话　（022）23332469
网　　址　http://www.tjrmcbs.com
电子信箱　tjrmcbs@126.com

出 品 人　李国靖
特约监制　王　瑜
责任编辑　玮丽斯
特约策划　刘洁丽
特约编辑　刘洁丽
封面设计　林　丽
封面绘图　猫矮 -Maoi
版式设计　王雨晨

制版印刷　北京中科印刷有限公司
经　　销　新华书店
开　　本　880 毫米 ×1230 毫米　1/32
印　　张　8
字　　数　153 千字
版次印次　2018 年 7 月第 1 版　2018 年 7 月第 1 次印刷
定　　价　45.00 元

序言

小西的话

2017年是我和袋哥的本命年。

对于我们来说，这一年最大的好消息，是我们将要出版自己的第一本书了。

接到这个消息的时候，我和袋哥正在火锅店里吃火锅。听说要出书后，我俩连毛肚都来不及捞，互相看着对方，心里只有一个想法：

以后哥也是作家了！

2016年，因为一段失败的感情，我离开原来的地方，来到这个陌生的城市。无数个夜晚，因为感情留下的痛苦无法入眠。或许对于当时的我来说，唯一能发发牢骚的方式就是文字。

可能人过得不快乐时创作的欲望会非常强烈，陆陆续续，我写下了很多文字，大多数都是和爱情有关的。

同年八月份，在机缘巧合下我认识了袋哥，顺带也认识了霸王花、詹天狗，张二毛一群无所事事却对文字充满热情的作者们，他们都非常的真诚有爱。

我给自己取了一个笔名“冰西瓜”，袋哥叫“热水袋”。一方面是我俩性格迥异，另一方面，我们都认为一段好的感情，之于每个人就该像夏天里的冰西瓜，消暑解渴，冬天里的热水袋，贴心温暖。

所以这并不是一本教你如何谈恋爱的书，它更像是生活中的一些呓语：遇到爱情时，我们会怎样欢呼雀跃？应该抱着怎样的心态走进一段恋爱？应该如何看待失恋和分手？又该如何在迷茫的感情中找寻方向……

这些都是来自于我们以及众多粉丝的故事。

每一个故事都是独一无二的，但又是贴近我们自己内心的。我常常和别人说，感情是没有老师可以教的，每个人都在独自摸索。你只能找到那些和你同类或相似的人，和他们互相关注，抱团取暖。

青春时期，可能是人生最美妙的一段岁月，你有权利选择自己的活法：赚钱、旅行、工作、恋爱、学习。我认为每个年轻人都应该在这个阶段努力绽放自己，在不断的折腾中安身立命。

这本书的内容就是“自我”。

或许你会在暗恋时小鹿乱撞，

或许你会在失恋后迷失自我，

或许你会在热恋中眉飞色舞，

请记住，不管你的故事是怎样的，它都是专属于你的故事，在这世上，独一无二。

当不再渴望门当户对、不再渴望郎才女貌、不再羡慕别人的恩爱、不再嘲讽别人的落寞，当抛开那些伪善的外衣，我们会发现恋爱只为自己而谈，人生只为自己而活。

是的，这就是一本写给“自己”的书，写给我、袋哥、霸王花，还有千千万万个“我自己”。

2018年，如果你还没想清楚，自己究竟为什么活着；如果你还没想清楚，我为什么要恋爱；如果你还没想清楚，要不要从失败的感情中走出来；如果你还没想清楚，喜欢的人要不要下手去追，那么请你翻开这本书。相信我，你会在这些故事中找到你要的答案。

不是所有人都会幸福，但我希望我会，也希望捧着这本书的你会。

为自己恋爱，

为自己活着，

为自己快乐。

2018　小西

目录

contents

◎ 喜欢我就追我，别只是说爱我

目

录

c o n t e n t s

◎ 如果是真爱，请你慢点来

◎ 你不用变成别人喜欢的那种人

| 01 |

有个甜甜的恋爱想和你谈下

我又多爱了你一天

“当我在微博上看到段子时第一件事不是哈哈大笑，而是截图发给你，我就知道我完了。”

讨人厌的夏天终于过去。

今天的风好温柔，有秋天的感觉。

耳机里随机推送的歌特别挠心，催促我快去不要脸地骚扰你。

想问问你：

“在忙吗？”

“中午吃了啥？”

“工作累不累？”

“有没有想我呢？”

“要不要晚上一起吃小龙虾？”

我知道一家叫“虾卡辣咖”的店又辣又入味！

“吃完了再顺便去约个会？”

不说情话，就坐在一起喝酒，到五分醉的时候就去河边散步。微微凉的晚上，没有月光，伸手不见五指，路上不见行人，最适合两个人抱在一起做些少儿不宜的事。

一想到这个画面，我就老脸羞到通红。

不过还好我长得黑，周围的人一个都没发现。

幸好你也没有发现，毕竟我们才认识三天。

我才不想被你看到自己花痴的样子。

丢脸。

有好多好多话想跟你说啊。

平时嚣张到一个人都敢吃400块火锅的我，却只能窝在沙发上像个发春的少女，把你的朋友圈、空间、微博看了一遍又一遍，“猥琐”地观察关于你的一切，揣摩你动态里的每一个字。

那认真的样子，连天桥贴膜的师傅都比不上。

昨晚做饭的时候打出个双黄蛋，持续近一个月的“水逆”[①]终于结束了。

塔罗牌上也说今天的我运气好到爆，连最难画的左眼线都一笔流畅地拉到尾，睫毛膏也没刷出苍蝇腿。

于是特意换了成套的蕾丝波点内衣，喷了点六神花露水，刮了才长出来的腋毛，连身份证都装好在兜里，就怕你突然约我去网吧开黑。

你看，我是很有趣的，如果你不喜欢我真是亏大了。

朋友总说我的爱情来得太快，就像龙卷风。

我说：是啊，想想半个月前我还在为另一个小鲜肉茶不思饭不想的，结果现在却又因为你在我朋友圈下的一个评论高兴到彻夜难眠。

但总觉得你是不一样的，和其他庸脂俗粉相比，只有你，让我想到了“一辈子”。

这要是传出去，我 24 年固若金汤的高冷人设瞬间就会崩成豆腐渣。

---

① 水逆：占星术上说的“水星逆行”，占星师通常建议人们不要在“水逆”期间做出重大决策和开始新的项目。

其实遇见你之前，我总是认为自己是个很酷的人。

自从遇见你之后，我才发现我根本酷不起来，就算穿上皮衣也酷不起来。

原本是“三天不蹦迪，就会变垃圾”的新时代女性代表人物，却为了才见过两次面的你，放弃了夜生活。

连酷酷的妆也不化了，姨妈色的腮红都往脸上刷。因为听说你喜欢新垣结衣的笑容，我马上打电话给我妈，下周就去箍牙。

你看，我就是这么没出息。

可怕的不是坠入爱河，而是坠入爱河的时候自己还非常清醒。

我很清醒地知道，我又多爱了你一天。

我的男朋友，是世界上最好的男人

他总是会偷偷给我惊喜
买了好多我爱的零食
还会送我口红和包包
经常给我发 5201314
也许这就叫作——
吹牛吧

我爱你，一定要让你知道

“喜欢就要说出来，心动了就要好好去表白。”

我上大学的时候，暗恋一位学长，虽然现在回想起来，他并不高，也并不帅，但那时候就是被丘比特箭射穿了心脏，一想到他，口水都能流一丈长。

当时暗恋他的人不少，就是没几个人敢表白，听说他有点高冷，女生怕被拒绝，所以不敢主动。

我毕竟刚上大学，头一次出家门，胆子小，和男生说话都脸红，更别说向喜欢的人表白了。

痴痴的我就弄来了他们班的课表，每天只要有时间，就跟

着他去上课。坐在他后几排的角落里，能看见他的侧面就好。

我想着，只要我每天出现在他周围，总有一天他会看到我，会认识我，会注意到我的吧！

可谁知道当我坚持到第三个月时，他牵着一个女生来上课了！无视我倾国倾城的容貌和人人皆知的真心，他牵了别人的手！

后来听了坊间传闻才知道，这妹子勇气可嘉，在面瘫学长面前表明了心意，两人试着交往了一段时间，她居然成功把我们的冷面男神收入囊中！

我的暗恋到这里以失败告终。

心有不甘的我，在被子里哭了一整天。

这几个月的付出，对于我来说，是心底的希望，是所有开心的源头。对于他来说，一点影响都没有，他根本不知道有我这么一个人，也根本不知道我为了能见他一面而做的那些事。

原来男生大部分都是粗神经，他们发现不了你偷偷看他的眼神，他们也不懂你欲言又止的潜台词，他们更不明白你突然的扭头就跑有什么含义。

在他根本不知道你喜欢他的时候，你所有的表现，都是一个陌生人奇怪的表演。

感情这东西，如果不能被当事人知晓，那不管你喜欢了

他多久，都是没有意义的。

我追了《火影忍者》十年，为雏田担心了十年。她连和鸣人说话都不敢，只知道一个人默默付出，流了血流了泪，也装得云淡风轻一切如常，生怕鸣人看出什么端倪。

还好还好，全村的人都知道这个蠢笨女人的心意，鸣人十几年之后也终于怦然心动，结局皆大欢喜。

但是，如果不是因为他们一直生活在同一个村子，不是因为战争爆发并肩作战而知悉彼此，不是因为所有人都在默默帮助她，他俩死都不可能终成眷属同床共枕。

因为雏田对于鸣人来说只是同学、伙伴和战友，他从来没想过会和她为爱鼓掌。

他们的命运是作者安排的，所以“老子写了你十年，就是为了让你有一天扬眉吐气抱得英雄归的”。

但是在现实生活中，几乎没有人能像雏田这般好运气。

十年太长，这中间有太多的变故。在这十年中，我们中考分了校，高考分了省，大学毕业了说不定还分了国。

每一次分别，都很难再相见，可能你的暗恋暗着暗着，就真的再也见不到光明了；你的心上人想着想着，就长成了别人家的墙边草。

所以当你喜欢一个人的时候，一定要告诉他你的心意，这样你们才会有百分之五十的机会在一起。如果他什么都不知道，甚至都不认识你，那么你付出再多，你们之间也还是个零！

人生能有几个十年？几个人十年之后还能再次相遇？与其让这份感情烂在肚子里变得毫无意义，还不如说出口让它完成它的使命。

喜欢就要说出来，心动了就要好好去表白。

管它未来多久，珍惜现在才对得起那份喜欢。

最会撩的女生，从来不是长得漂亮的

而是长得最漂亮的

听你说一辈子废话也不腻

遇到一个愿意跟你说废话、什么事情都愿意跟你分享的人，是多么难能可贵。

大陆说，跟仙女在一起之后，他的世界就由安静变成了喧嚣。

他找好哥儿们浩哥诉苦："你说女生真的那么喜欢说废话吗？"

他的女朋友仙女最喜欢做的事情，就是挂在他的肩膀上，像只小麻雀一样叽叽喳喳说废话。

她能从娱乐圈哪两位明星结婚又出轨的八卦，讲到历史

上哪个皇帝沉迷女色因爱误国；能从办公室哪个同事换了新发型，讲到维密天使谁的腿最长、哪个最性感的话题。

一点点小事，她都能喋喋不休讲很久，就算实在没有话题，她也喜欢一遍一遍叫他的名字：大陆、大陆哥哥、老公、大狗狗……

有时他实在烦了，就想办法堵住她的嘴。

逛街时她叽叽喳喳，他就往她嘴里塞一个甜筒；在床上时她打开话匣子，他就直截了当亲上去堵住她的嘴；但他还是觉得有必要改变一下仙女的毛病。他问浩哥："你的女朋友也这样吗？怎么让女朋友话少一点？"

浩哥说："我女朋友以前也话痨，但她现在不这样了。"他立刻问浩哥让女朋友改掉这个坏毛病的办法。但浩哥忽然有点伤感："以前她喜欢在我面前叽叽喳喳讲话，我很烦，一次一次反驳她，从来不掩饰自己的不耐烦，后来她就不说了。她不再说废话了，变得沉默了，也不再爱我了。"

事实上，不是她话痨，她只是因为喜欢你，才黏着你，喜欢和你讲废话而已。如果是不喜欢的人，她才没有兴趣说那么多废话。

大陆忽然想起，他的小麻雀以前也不是话痨。

刚认识时他和她说话，她都害羞得低头沉默不语；刚在一起时，她也喜欢安安静静待在他旁边，像只沉默的小猫；即使现在，面对他以外的人，她也沉默高冷，甚至惜字如金。

可是，从什么时候开始，她变成了一只小麻雀呢？

从他们相处的时间越来越久，感情越来越深开始，她的话才越来越多的。

真正的爱情到底是什么模样呢？

有人说，爱有坚定占有，也有成人之美；有温暖守护，也有同甘共苦；有矢志不渝，也有一切随缘；有执念相守，也有爱过就好……

但爱情的这么多种形态，我却最喜欢那种废话最多的爱情。

明明没有什么事也能聊到忘记了时间；用表情包斗图都能消磨一下午的时光；每天聊完还要花半个小时互道晚安……

愿意跟你讲废话就是爱情最明显的表现形式了，两个人能有很多废话讲，就是腻在一起的最佳证明了。如果恋爱的两个人，还像工作交流一样直截了当，没有一句废话，那还有什么意义呢？

遇到一个愿意跟你说废话、什么事情都愿意跟你分享的人，是多么难能可贵。

大陆回到家，一打开门就看到小仙女像只小猫一样黏过来，挂在他肩膀上又开始叽叽喳喳地说。

他拍拍她的头，幸好，她还没有因为他的冷淡而心灰意冷；幸好，她还愿意对他喋喋不休说废话。

大陆忽然觉得很幸运，他拥有一个女孩子真心的感情。

仙女忽然反应过来："你今天怎么不嫌我废话太多了？"

大陆这个笨脑袋，难得说了一句讨仙女开心的情话："我愿意听你说一辈子废话。"

找对象一定要找这两种类型的

一种是我这样的
一种是像我这样的

谈一场被宠到死的恋爱

恋爱应该是甜甜的，女朋友应该是用来宠的。

最近身边的朋友都在说，好想谈一场恋爱，被人宠到腻的那种。

每天说着腻腻歪歪的话，三句两句一个“宝贝”，三天两天一句“我爱你”。

他会在你来例假的时候提前买好粥或者豆浆给你做早餐，而不是只给你发“多喝热水”。

他会在过马路的时候一只手牵着你，一只手搂住你，把你护在身体形成的保护圈里，而不是随便拉着手腕让你在后

面小跑跟上他。

他会在你一个人的时候，放下无聊的聚会，赶来陪你，和你一起去吃好吃的，而不是给你转个账，让你自己玩一会儿。

毕竟恋爱应该是甜甜的，女朋友应该是用来宠的。

在我见过的情侣当中，最虐人的肯定要属鸡妹和辰宇了。

鸡妹是我们圈里有名的调皮美少女；辰宇则是圈里有名的大暖男，只暖一个的那种。

鸡妹特别爱吃樱桃，每年五六月，天天能看见她在朋友圈晒樱桃。

辰宇跟鸡妹在一起后，专门给鸡妹买了个小冰箱，里面除了樱桃，什么也不放。

每天回家，第一件事就是给鸡妹洗樱桃，还去核，一颗颗弄好，鸡妹要是加班，他就拿盒子装着，送去鸡妹公司。

有一次，辰宇公司组织去樱桃园玩，正好是樱桃成熟的时候。

大家都在忙着摘樱桃吃樱桃，只有辰宇一个人，忙着把最好的樱桃挑出来，放在冰袋上面，每摘好一盒就赶紧让老板帮他发快递。

他还特意洗好一盒，去掉核，放上冰袋，直接发快递到

鸡妹公司。

自从和辰宇在一起之后，鸡妹再也没有自己洗过樱桃，连核都没吃到过。

鸡妹身高不矮，但就是喜欢高跟鞋，特别喜欢那种软软的羊皮底，又贵还不能泡水。

有一次，他们出去约会，本来是天气晴朗、万里无云。到了下午，突然变天了，豆大的雨滴说下就下。

鸡妹包里正好带了伞，但是要是走回去，她最喜欢的这双鞋就得报废。

辰宇立马说："我来背你吧，你打伞。"说完赶紧蹲下来。

鸡妹趴上去，辰宇一个箭步冲进雨里，就这样背着鸡妹狂奔出了公园。

直到打了车，把鸡妹放进车后座，鸡妹才算是脚落了地。

要知道，辰宇其实也很瘦，平常抱着鸡妹能走四五步都算不错了，从公园里背着鸡妹跑出来，起码有一千米。

我问他是怎么做到的，他说，鸡妹要是脚泡在雨里太久，感冒了怎么办？鞋可以再买，但是不想鸡妹弄湿脚。

平常的生活小事，辰宇和鸡妹给我们撒狗粮就算了，最严重的一次是辰宇直接给老板撒了一吨的狗粮。

据说，有一次鸡妹要参加一个聚会，但是礼服掉了个扣子，送去店里缝又来不及了。

鸡妹是个从来没拿过针的姑娘，辰宇不放心她自己缝，直接向老板请了半天假，说要回去给女朋友打理一下礼服。

老板听到这个理由愣了半天。听说辰宇回去之后，老板立马给老婆打电话约老婆晚上看电影。

老板娘以为老板出什么事了，结果老板说是好久没好好陪你了，想好好跟你约个会。

爱情总是有一种魔力，会让你觉得简单的事情也很有趣。

遇见了喜欢的人，就想和他/她牵手逛街，吃爆米花，看电影，坐在沙发上聊天。

即使是帮她缝扣子这种两分钟的事情，也变得很有意义。

爱情还有一种魔力，就是遇到宠你的人，就变得生活不能自理了。

就像鸡妹，她一点都不作，但是辰宇总是能变着法把她宠成公主。

谈恋爱，就是找到那么一个人，你想吃山楂味的冰棍时，他会一个一个去小卖部帮你找；你想打游戏的时候，他能陪你在奶茶店、图书馆坐一天打游戏……只要这个人在你身边，即使空调再冷，你的心也是热的。

真想趁着阳光正好的时候，好好谈一场甜甜的恋爱！

怎样让男生主动搭讪你

你的闺密很好看

想和你幼稚到底

喜欢你之前，我不喜欢幼稚鬼。

我曾经想，我的盖世英雄大概是成熟稳重的男神，能把我宠成小公主，也能解决各种问题。

但上帝只赐给我一个幼稚鬼，我想他一定是牵错了红线。

你夏天抢我雪糕吃；冬天把手放在我帽子里，然后被我揍；秋天出去旅行，你脖子上挂着相机，扮鬼脸摆姿势的样子比我还臭美；春天……

春天啊，你说你最喜欢春天。

爱上你之前，我不想和幼稚鬼结婚。

朋友都说，嫁给一个幼稚鬼不是多了个老公，而是多了个儿子。

也对，平时在外面也成熟稳重，“人五人六”的，回家就秒变幼稚鬼。

我真想吐槽一下你的“种种罪行”：你一米八的大个子，竟然偷穿我的卡通睡衣；你偶尔拉着我窝在沙发上看《猫和老鼠》，我分心玩会儿手机都不可以；周末在家里，你从不肯一个人打扫卫生，非得拉着我一起，还说将来有了小孩可以让他包揽家务；我吐槽遇到的奇葩同事，你把床上的兔八哥扔给我，说：“揍它一顿。”

啧啧，你真是个幼稚鬼，但是你知道啊，我不喜欢幼稚鬼，但我喜欢你喜欢我时的样子；

我感冒时你笨手笨脚煮姜汤的样子；

我难过时你拼命逗我笑，绞尽脑汁想段子的样子；

在外面吃饭时你一脸委屈地吃掉我不喜欢的青椒和香菜，还有比萨的边和蛋挞的皮的样子；

我生气时你像只大狗狗一样蹭过来说“别的小朋友都有人哄，就某个小朋友还在一个人生闷气”的样子；

甚至你难过时抱着我一言不发红着眼的样子、吵架时说“算了算了，世界和平”的和稀泥样子。

我都喜欢。

我最喜欢的，是你成熟面对全世界，却在我面前变成一个孩子的样子。

他们说，人长大后就会对世界有戒心，也会努力把自己塑造成符合自己定位的样子，男生应该成熟稳重，应该有责任心。

随着年龄的增长，我们都要学会背上一个叫成熟的壳，才能抵御世间的风雨。但是，身上的壳再坚硬，心底始终有个角落留着最初的样子，留着一个闲杂人等未曾涉足的童话的乌托邦，留给最喜欢、最信任的人。

在最喜欢的人面前，我们会脱去外衣，像个初生的赤子般毫无防备，展露自己最真实的样子，就如你，就如所有的男生。

再坚强的男生也会对女朋友露出软肋；

再圆滑的男生也会对女朋友有脾气；

再成熟的男生也会在女朋友面前变成幼稚鬼；

对啊，你终究会成为一个顶天立地的男子、一个成熟稳重的中年人，但你还是我的幼稚鬼。

我想和你谈一场不成熟的恋爱，没有成人世界里那么多规则和道理，就算到了 80 岁，还是两只幼稚的老小孩。

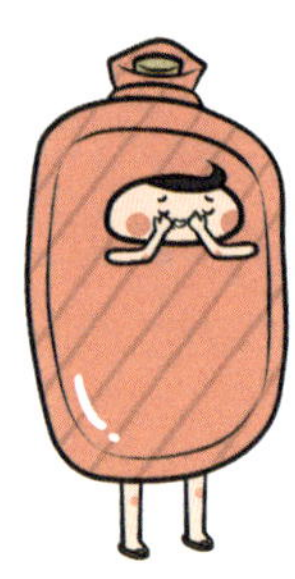

你有男朋友吗？没有的话我可以

嘲笑你吗？
哈哈哈

我又很没出息地想你了

往往试图制造浪漫的人才是真正的浪漫主义者。

1

橙子出差了。

在这个风和日丽却无所事事的周末。

一大早送他去高铁站，在候车室里腻腻歪歪半天，连对面的大爷都看不下去了，我才灰溜溜地离开。可才过了半个小时，我就开始无聊到在床上打滚。

“我好想你啊，你发车了吗？”

“嗯，刚出发。”

“旁边有没有漂亮的小姐姐？”

“有，比你白比你瘦比你好看。”

“切，胸有我大吗？”

“大一点点吧。”

“死贱人，滚！”

“在运动的物体上以低于其速度滚动做的是负功，所以，不滚。”

“哼，回来再收拾你……你想我了吗？”

“……还好。”

“真的？”

“想吧！”

“再给你一次机会。”

“想，特别想，恨不得现在就下车，走的时候好想把你揣在兜里。”

“这还差不多，你安心工作吧，早点回来。”

“嗯，争取明天回来，在家里乖一点，冰箱里还有我上次做的粉蒸肉，你放在饭上热一下就能吃。”

“遵命，二狗子殿下。嘻嘻！”

2

果然，喜欢一个人啊，恨不得天天黏在一起。哪怕两个

人只背靠着背玩手机，也是好的。

我天生是个感性主义者，像个长不大的孩子，满脑子都是浪漫主义情结。

说来也奇怪，没看过几部爱情电影，没读过太多写情感的书籍，可就偏偏向往两人红尘作伴浪迹天涯，陪人家看着星星，顺嘴就编出满满当当的情话，风沙和云雾，山丘和平原，夜空里，我和你。

你要知道，往往试图制造浪漫的人才是真正的浪漫主义者。

所以，有时候吃饭吃到一半，我就会跟橙子说："要不我们去乡下种地吧，自己种的米有爱的味道，再养群鸡，每天早上捡鸡蛋，养两只鸭子嘎嘎嘎，养一条中华田园犬，放养一只特立独行的猪，还有一头忠厚老实的黄牛。一林果树，一畦菜地，一汪清泉，丈八花园，闲暇时光你画你的图纸，我写我的稿子，多悠闲自在啊！"

可这个世界上浪漫的人总是极少的，而浪漫的人总要和务实的人在一起，才保准不会被饿死。

于是，务实的橙子轻描淡写地说了一句："在乡下种地会晒得比现在还黑，皮肤老化得更快，我怕你会哭。"

好吧，世上嘴贱之人无数，他肯定占了大头。

但是这样的贱人，我为什么还那么喜欢呢？

3

不过，庆幸的是在他的耳濡目染下，我的浪漫情结也渐渐接了地气。

以前我总觉得轰轰烈烈、生死相依才算爱情，但现在明白了，其实爱是最简单的事情。

是在一起的时候会紧紧握着的手。

是连晚安都要说了一遍又一遍的不舍。

是每天不知疲倦地说着没营养的话，也不用担心对方会烦。

见面的时候就搂搂抱抱使劲腻歪，见不到就发“想你了”，看屏幕一遍遍掉星星。

他不需要唱歌很好听，也不需要很帅气，可能也不是特别有钱，但是他不会让你难过，他会紧紧地牵着你的手，宠溺地摸你的头发，轻声地说爱你。

你也不用想着以退为进，不用若即若离，更不用想什么欲擒故纵三十六计，套路用尽，不管是喜欢，还是难过，都不用刻意掩藏你的情绪。

你不用因为他的一句话就难过得在深夜辗转反侧，也不

用躺在床上让眼泪打湿枕头，你会甜甜地睡去，在梦里嘴角都会挂着微笑。

你可以随时扑倒在他的怀里，紧紧地抱着他，说我真的好喜欢你啊。

你也可以毫无顾忌地跟他说，我想你了，我又想你了，我真的好想你。

4

爱情是什么，无数个作家和诗人早就回答过了。

贾平凹说："心上有个人，才能活下去。"

汤显祖说："情不知所起，一往而深。"

海明威说："爱你时，觉得地面都在移动。"

王小波说："告诉你，一想到你，我这张丑脸上就泛起微笑。不管我本人多么平庸，我总觉得对你的爱很美。"

而我却最喜欢朱生豪先生的："醒来觉得甚是爱你。"

想念，才是爱情最本质的体现。

我能想象的最美好的人生，就是每天醒来，第一眼就能看到你。

再微不足道的小事，只要是两个人一起做，就会很开心。

我想，这辈子最美的意外，就是遇到你了吧，终于我不用再总是一个人吃饭，终于有个人和我一起犯傻，不用在意

别人的眼光，终于有人包容我无厘头的浪漫，即使吵吵闹闹也很安心。

和你分开只有一小会儿，我就没出息地开始想你。

你呢？也开始想我了吗？

对不起，今天不是我的第一次

和你在一起之前
我已经在睡梦中
和你“在一起”几百次了

所有的告别里我最喜欢“明天见”

成年人的生活里没有“容易”二字，成年人的爱情里也是。

1

最近微博上有一组视频很红，内容大概是一群小学生、初中生站在天台上大声表白。

下面的评论都是：

“年轻真好啊！”

“多想回到那个年纪！”

说得好像年纪大了就谈不动恋爱了一样。

倒也不是谈不动恋爱，而是长大了实在要面对太多问题了。

这些问题是什么呢?

归根到底就是一个字——钱。

但是“钱”这个字太过粗俗，我们更喜欢用比较文雅的说法，我们说这叫“现实”。

而横在我和我男友之间的现实问题就是，因为工作，所以我们要异地。

我身边的人因为距离而分手的真的不在少数，更别说像我们这种在不同省市的。

就算是同城异地，也有因为长期见不到面而分手的。

所以我对我们这段感情的维系，可以说一点信心都没有。

2

他刚走的时候，我跟他开玩笑，说：“我们俩要是三个月之后还没有分手，我贴三个月的工资给你。”

“那你输定了，我死活都要赖你三个月。”这是他当时的回答。

事实上，在他刚走的第一个月，我还真没什么感觉。

有时候他打电话问我有没有想他，我也是很干脆地回一句，没!

他还开玩笑说希望我会像依萍一样，天天写一些类似于“书桓走的第一天，想他”，这种酸死人的日记呢。

“你去死吧。”这是我当时的回答。

那我是从什么时候开始感到思念的呢?

还是那天生病的时候。

上班上到一半就觉得头昏脑涨，站都站不稳，耗尽最后一丝理智跟上司请了假之后，立马打车飞奔回家昏睡过去。

醒来的时候，已经是黄昏了。

都说黄昏醒来的时候最孤独，我算是理解是什么意思了。

一睁开眼睛家里一个人都没有，一点声音都没有。

这应该就是所谓的“被世界抛弃”的感觉了。

我给男友打了个电话，说了一句“我生病了”，没人理我之后我就开始哭。

事后据男友回忆，我那不叫哭，我那叫号。

我断断续续地号了一个小时左右，一句话没说。

他也听我号了一个小时，也一句话没说。

最后我以“我先睡了”结束，然后以光速挂断了电话。

第二天出现在我眼前的就是最俗套的剧情，他请了一天假连夜赶了过来，在我准备上班之前出现在了我家门口。

“小姐，请问能赏个脸匀给我一天吗？”

“嗯，可以！”

结果在我用生病当借口又多请了一天假，打算和他出去疯玩一天的时候，他带我回了我的出租屋。

3

那一天似乎过得特别快，他在出租屋里给我做了顿早餐，然后我们坐在那儿看了一集《天天向上》，就到了吃午饭的时间。他又麻溜地跑去做了顿午餐。吃完午餐后在床上打了个盹儿，大约三四点的样子，他跟我说："我要走了，我要去赶高铁。"然后他就出了门。

他走之前只跟我说了句："记得每天要给我打电话，不要不接我电话，我每天要视频的。"

我点点头，目送他离开。

日子还是得照常过，但我们双方也学会了如何维持异地关系。

我们会在晚上雷打不动地视频，讲些鸡毛蒜皮的小事，就算不好笑，两个人也会像智障一样笑半天。

有时候根据他寄快递给我的时候收件人的名字，可以知道我们最近的关系怎么样。

如果电话里快递小哥说的是：

请问你是"世界第一大美女"吗？我这里有你的一份快递，

麻烦你来签收一下。

那就证明我俩吵架了，他需要拍我马屁。

所以我收到的东西除了礼物，还要外加一封手写道歉信。

如果快递小哥说的是：请问你是“世界第一胖”吗？

那就证明我俩关系最近还算不错，他还有心情开玩笑。

在这种情况下，我收到的大概是一箱高热量零食。

嗯，很好，等他休假回来他就知道“死”字怎么写了。

4

还记得我前面说我们要是撑过三个月，我就贴三个月工资给他吗？

按照这个说法，我要贴三年工资给他。

是的，我们俩就这样嘻嘻哈哈地过了三年。

中间不是没吵过架，但每次都以我去找他或者他来找我当面解决纠纷而告终。

差不多两个月以前他又被总部调了回来，记得他刚回来不久，有一次送我回家。到了我家门口我准备上电梯了，他突然来一句：

“我明天来接你上班啊！听见没？”

“知道，我走了。”

“明天见！”

“明天见！”

真好啊，这所有的告别里最美丽的一句终于来到了我的生活中。

想被宠，想亲你，想要你

算了，还是想要钱

我的男朋友是个逗比

爱情到底有什么屁力量，足以“扭曲”一个人的三观？

自从那天在办公室，无意哼起你修改版的洗澡神曲《爱情买卖》：

“出卖我的爱，骗了我做爱……”

我知道我在同事心中的“污妖王”形象已经铁定了。

我再也洗不白了。

我有时候想啊，爱情到底有什么屁力量，足以“扭曲”一个人的三观。

初中的时候，迷上了《犬夜叉》之后就发誓，我未来的人生伴侣一定要是杀生丸那种酷帅酷帅的类型才行。

如果可以，我想回到初二的那个暑假，对着坐在电视机前看着杀生丸舔屏的自己一顿暴打。什么呀！还不好好看书去，你未来的男朋友是个逗趣的人啊！

1

刚在一起不久，我给他备注了一个爱的昵称，“小贱人”。有一次，我问他：“你给我备注的是什么呀？”我想着肯定是“宝宝”“媳妇儿”之类肉麻的昵称，还是忍不住要让他亲自说出来。

“维尼。”他一脸猥琐的笑。

“你是说‘小熊维尼’吗？哈哈，你是想说我可爱，是不是？”我有点好奇。

“答对了一半。”

在我还摸不着头脑的时候，他说：“小胸维尼！”

我……

2

他总喜欢在洗澡的时候，乱改歌词唱着歌。

比如，周杰伦的《最长的电影》，“再给我两根葱，让我把记忆煎成饼。”

他会把《南山南》唱成，“你在南方的艳阳里灵车漂移，我在北方的寒夜里坟头蹦迪。”

现在，我已经记不清原创歌词是什么了。

3

他是个“哲学家”。

有一次，我肠胃难受，给他发微信，想要撒娇求安慰。

我：我肚子好痛啊，嘤嘤嘤……

他：早上上厕所了吗？

我：呃……

他：快，听话，去上个厕所。

4

他说为了我们的生活要学厨艺。

我有一次下班回来，闻着家里一股焦味，问他怎么了。

他说，想炖点羊腿肉给我补补，结果炖到一半，他和队友打游戏忘记这回事了。等他记起的时候，只剩下羊骨贴在锅底上了。

后来他下了一个做菜软件，貌似厨艺长进了不少。

最近他越发觉得自己是中华小当家转世，在食材搭配上越发大胆，比如，他做的茄子牛肉、皮蛋土豆丝。

阿西吧，我竟然觉得很好吃！

5

我觉得他应该是“中央戏精学院”毕业的，无时无刻不在给自己加戏。

有一次，我们坐出租车回家，快下车的时候，他来了一句：“说好，包夜500啊，不能临时加价。”我看着后视镜里，司机朝我瞥了一眼。瞬间打死他的冲动都有了。

6

我们偶尔会假装成偷情的男女，看旁人的反应。

有一次，他要理发，说理完在理发店等我一起吃饭。我去找他的时候，理发师还在帮他理发。

“姐夫，你还没理完呢，如果我姐知道我们在一起了，怎么办？”

我心里偷笑，看我这大招他怎么接。

“没事，你姐在九泉之下会理解我们的。”

好吧，我认输。

7

没在一起的时候，他的个性签名是，“爱过！先救我妈！我保大的！”

在一起后，他把个性签名改成，“不约！保大，先救你。”

我开玩笑说：“我和你妈同时掉水里，你真的会先救我吗？”

他当机立断，冲我点了点头，然后说：“当然，我对我妈也是这么说的。”

8

当然他也有很靠谱的时候，他对身边的朋友很好，对人也很有礼貌。

所以，他第一次见我爸妈的时候，成功赢得了他们二老的称赞。

后来，只要我们闹矛盾，我生气，我妈在电话里听出什么不对劲后，竟然想都不想就站在他那边。

“你脾气要收着点，不要老欺负人家！”

看来我真的是捡来的。

我有时候在想啊，他真是太有心机了。他在外人看来永

远是一副正经的样子，但是却把所有猥琐的属性都展现给了我。而我也在他的耳濡目染下，渐渐被同化了。

嗯，就写到这儿吧，我那个“逗比”的男朋友叫我吃饭了。据说，今天他又创造了新的料理！

最讨厌电影院里的情侣

看爱情片非要带男女朋友
看恐怖片你们会带鬼吗

我什么都不怕，就怕最后不是你

爱情就是有这样的魔力，它能让你面对孤独、面对寂寞、面对残酷的成长，唯独让你害怕未来不是他。

1

有人问我，喜欢一个人是什么感觉？

我说，大概就是，看见他就想笑，他一出现在你身边你会觉得很幸福，麻烦他的时候不会觉得不好意思，待在他身边也不会觉得无聊。

只要遇到他，就想时时刻刻和他在一起。

喜欢上一个人是一种很奇妙的感觉，从在一起的那一刻，

就会开始害怕失去。

我刚来这座城市的时候，就遇到了这个人。

他总是什么都没做就能让我胡思乱想，牵动着我的情绪，让我在“他爱我”和“不爱我”之间追寻答案。

他总是能不经意让我感到幸福，又在幸福过后害怕失去。

对，这就是大金，让我又难过又很幸福的大金。

2

大金工作很忙，没时间陪我，我曾经一度不自觉地想，他肯定不爱我。

他没时间陪我聊天，甚至一个星期都没能约一次会。

有一天晚上不知道怎么了，我特别想吃零食。家里没囤货了，我住得又偏僻，所以只能发了条朋友圈“好好工作，少吃多做”，劝自己收心。

配图是一张，我已经不记得在哪儿拍的了，一个超级好吃的面包。

发完朋友圈后，我翻看其他人的动态消息：

小曼又在和男朋友满大街吃夜宵了，照片里两个人笑得真甜。

嘟嘟又收到了男朋友送的一大束玫瑰，她抱着玫瑰的样子简直比新娘子还美。

我呢，只能抱着手机忍着饿，大金都不知道得加班到几点。

一个小时后，有人敲我的门。

大金提着一袋子“配图”面包站在门前。

我愣住了，这里的店铺都是10点关门的，我发朋友圈时是9点半，我问他怎么这么快找到的。

大金说：“看你喜欢吃，之前留意了一下，留了老板的联系方式。你先吃吧，我还要回去加个班。”说完头也不回地走了。

3

还有一次，是在大金资质考试的前一个月，我突然生病，住进了医院。

当时大金已经忙到睡觉都没时间了，我怕他辛苦，说不要他来照顾我了。

大金没吭声，我以为他答应了，心里难过他真的不照顾我了，在他心里，考试更重要。

当天下午，他提着大包小包走进我的病房，坐在病床旁边抱着电脑开始工作。

那半个月，大金每天要帮我提着滴瓶进进出出好几回，还要陪我上楼下楼做检查，给我倒水买饭。

一到晚上，大金怕影响我休息，就抱着电脑跑到走廊外

面打字，有时候我晚上想上洗手间，一睁眼还看见他蹲在门外。

我问他："要是影响了学习，资质考试没过怎么办？"

大金说："没过就没过呗，明年重新再来一次就好了。"

大金这个傻子，也不会说好听的，总是默不作声又装作云淡风轻的样子。

偷偷给我买吃的送过来，一发工资就帮我添置护肤品，下雨的时候提前跑来公司楼下接我下班，送我回到家又自己回去加班……

他没有做什么惊天动地的大事，但让我觉得，嗯，就是他了。

4

爱情就是有这样的魔力，它能让你面对孤独、面对寂寞、面对残酷的成长，唯独让你害怕未来不是他。

大金没有浪漫的情怀，甚至忙起来会让人产生"大金"只是个虚构人物的错觉。

他总是在陪伴我的这件事上让我失望，但是却在关心和守护这两件事上让我感动不已。

当他拎着我心爱的小零食像超人一样突然出现时，当他在我生病时放下一切照顾我时，当他认真诚恳地说出那些他

要去做的事情时……

我想，这一时的陪伴缺席了有什么关系？他总是用其他方式在尽力陪伴着我，关心着我。

他总是有一种魔力，让我相信，我的期望最后都会实现。

毕竟，只要最后是他，我现在什么都不怕。

男朋友长得非常帅是一种怎样的体验

分手的时候比较纠结

被你爱过，是我最幸运的事

好的感情是用来教会我们成长，教会我们爱，让我们成为更好的自己的。

1

三年前，我是个遇到点事就退缩的小丫头，怕考得不好就想放弃考试，怕面试被拒绝就想放弃面试……

我一直以为我没救了，这样的我别说走上社会了，能不能毕业都是我的心病。

三年后，我却学会了遇到事情立马开始想解决方案，想要什么就做好行动计划，还学会了主动去爱人。

这一切，只是因为和贺淳在一起的三年。

他领着我找到了成长的路，陪我走过这段迷宫，然后和我分道扬镳。

有些人就是“生命之光”，找到你，照亮你，虽然不能陪你走到终点，但却永远让人感激。

2

刚和贺淳在一起的时候，我们和所有的小情侣一样，日常就是聊聊天、吃吃饭、散散步、逛逛图书馆……

他是我的学长，还是个不折不扣的学霸。我总觉得他那时候肯定是眼睛出问题了，才会喜欢上我的。

他却总是跟我说：“你有你的好，不要那么灰心，我说喜欢你是认真的，才不是眼睛有问题。”

他快毕业的时候，考研考上了心仪的学校，去了邻省，然后我们开始了异地恋。

没有了贺淳，我的作业完全没有了依靠，看着那些题感觉就跟阿拉伯符号一样，每周的小论文我根本无从下笔。头两个星期就被老师骂得狗血淋头。

我跟贺淳说：“我不想学了，挂科就挂科吧，我写不出来，再看一眼作业本我都想吐！”

贺淳说：“别怕，我帮你，慢慢来。”

我以为他要帮我写作业了（原谅我这么想，写作业真的太痛苦了），结果开心了两天之后，收到了一个巨重的包裹。

贺淳说：“我给你整理了一些资料，都是从基础开始的，你要好好学，学习就像吃饭，必须得自己吃。我只能帮你整理，不能帮你写。”

我那一刻特别恨他，不是说好帮我的吗？这算什么帮？还不是要我学？这个骗子！

我知道最后一根救命稻草也没有了，只能靠自己。没办法，硬着头皮上吧，被逼着学了一个学期，很奇怪，我竟然顺利通过了这门考试，还拿了优秀。

3

后来我大四实习，刚去的时候什么也不懂，那些老职工就开始使唤实习生们干杂活，加班……

我觉得好累，每天完成了自己的事，还要帮老员工干活，还得打杂搞卫生……

我跟贺淳说：“我不想实习了，这不是我想象的生活，那些人怎么可以这样，凭什么自己的活儿要给我们干，我们凭什么没有工资还得又当员工又当清洁工？我真的不想待了……”

贺淳说：“生活哪有简单的，你不想干，有的是人干。

“为了有一份好工作，你就要学会做计划，不能别人让你干什么你就去干别人的事了。

“你要学会去争取自己想要的东西，不能等着别人分配给你。

“赶快回去吧，晚了不安全。你回家写写规划，我下班了帮你看，好不好？”

我对贺淳大喊：“我都受欺负了，我难过，你还叫我写规划？你是不是我男朋友？你为什么不帮我说话？”

他这些所谓的“会帮我的事”让我耿耿于怀，我认定了他就是把我当普通朋友，所以总是那么冷静理智地处理我的事。

慢慢地，我不想再听他说教。再然后，我们分手了。

但是，我却在和他分手后明白了当初他对我的良苦用心，明白他有多努力去做“保护”我的事。

4

我后来一直相信，好的感情并不是两个人一定能走进婚姻，走到白头。

好的感情是用来教会我们成长，教会我们爱，让我们成为更好的自己的。

人的一生会遇到 2920 万人，而两个人相爱的概率却只有

0.000049，所以你爱过我，教会我爱，就足够了。

我们每个人最开始都是懵懂羞涩的，

可能因为某个人眼神清澈就喜欢上了他。

也可能因为某个人笑起来嘴角的弧度恰好很好看而喜欢上他。

更可能因为某个人握着铅笔的手指修长而喜欢上他……

我们不知道怎么去相处，有时候正是因为太用力爱着而争吵，也因为太用力爱着而分手。

因为经历过被人爱到恰到好处，不知不觉长成了最舒服和最好的自己，才恍然大悟：

爱是润物细无声，青丝绕指柔；爱是教会你从容和成长，让你变得更好。

即使将来你会站在另一个人的身边，牵起她的手，保护她，我仍然会发自内心祝福你。

因为是你让我懂得，爱不是占有，不是让她活在虚构的乌托邦，不是让她渐渐丧失对社会的感知。

爱是帮她看见生活的种种困难，帮她建立起独立面对的勇气，让她有能力能够在你帮不了她的时候，仍然过得很好。

被你爱过，好幸运，也好幸福。

谢谢你爱过我，也让我懂得怎么好好爱别人。

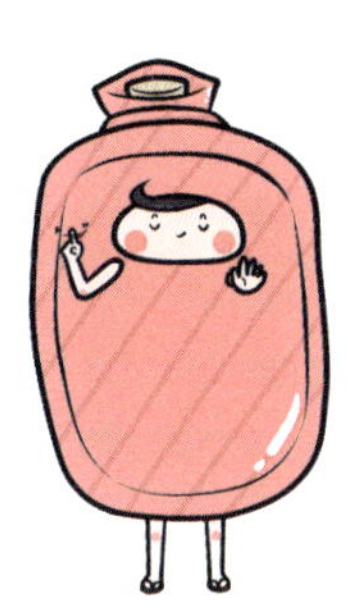

如何判断男生是否对你有意思

你只需要牢牢记住一点
不会有男生
对你有意思的

| 02 |

喜欢我就追我，别只是说爱我

喜欢我就追我，别只是说爱我

聊天真是一件低成本的恋爱，他随口一个问候，你却能脑补一场戏。

“吃饭了吗？我挺想你的。”

手机“叮”的一声，微信界面突然弹出这句话。大乔去洗手间了，她把手机放在餐桌旁，我无意瞟到了她屏幕的锁屏信息。

我有些疑惑，大乔最近是谈恋爱了吗？可我并没听她说起过。

她从厕所出来，我黑着一张脸，像一个怀疑自己老婆偷

情的懦夫，不敢大声呵斥，又难咽心中那团怒火。我说："骗子！还说你一直是单身。亏我和你关系这么铁，你竟然瞒着我谈恋爱！"

大乔愣了一会儿，蛮不在乎地把聊天记录翻给我看。

男生每天都会给大乔发信息，聊天的内容大到理想抱负，小到一日三餐，都一一禀告，像极了恋爱中的小情侣。

可看到这些聊天记录，我更加坚定了自己的想法。这就是喜欢啊！不然别人天天给你发信息干吗？

大家平时这么忙，谁还会天天盯着手机和你聊天啊？我喜欢你才会和你聊天吧。

可大乔却不这么认为。

大乔双手插在裤兜，不屑一顾地说："现在社交软件这么发达，找谁不可以聊啊？你怎么能保证他和我聊天的同时，没在和其他人聊呢？

"看一个男人是否爱你，不是看他说什么，而是看他做什么。

"我最近也挺无聊，才和他聊聊，不然我才没空理他。活动上见了一次面，就口口声声说爱，呵呵！"

在感情上，大乔阅人无数，是个十足的老司机。她洒脱得像一个提了裤子就不认人的女流氓。她的这番话，让我

诚服。

突然想起之前看过的一则新闻，一个湖南小伙同时与 17 个女生交往。他给不同的女生设置分组，秀恩爱的时候也只有那个女生才可以知道。

更可笑的是，好几个女的还给他生了孩子，一直以自家老公相称。若不是这个男的出了车祸，重伤住院，需要联系家属，这事还不知道能隐瞒多久。

我有时候觉得这个世界很荒诞，为什么有这样的人？可我能说什么吗？人家凭自己本事骗的人啊！

现在社交软件这么发达，聊天确实是最不需要花成本的事情。

隔着屏幕我看不到你的喜怒哀乐，我对你所有的认知都来自文字，来自你的朋友圈。可我怎么知道我是不是只是你分组可见的其中一个呢。

你以为他只对你主动，只对你笑，其实他对每个人都这样。

也曾有粉丝和我说过，有个男生每天都会找她聊天，感觉十分投缘。终于有一天，她觉得万事俱备只欠东风，两人的关系已经瓜熟蒂落到只差谁先开口表白的时候了，她决定牺牲自我，主动表白。

可她表白心意后，男生却说，我们是好朋友啊。

这啪啪啪地打脸，隔着屏幕都能想象出女生当时的尴尬。

聊天真是一件低成本的恋爱，他随口一个问候，你却能脑补一场戏。

很多男生都这样，刚认识的时候费尽心机找话题。好像遇见了你，像是他拯救了银河系一样。每天的早安晚安马不停蹄，开口闭口“宝宝”“亲爱的”。你以为那就是爱情，可对方除了这个却什么也没做。

最可笑的是，你明明准备背上孤独拿上剑，决定马不停蹄，一意孤行。可突然冒出一个人，把你抱紧，说，我想和你分享这漫长的一生。

你一激动，把剑给扔了，把马给烤了。可一回头，人没了。

如果你想我了，就来见我，我加班，你就来公司接我。

如果你真的想当我男朋友，至少也要和我一起吃几顿饭，我才知道能不能和你相处下去吧。

我不需要午夜在电话里跟我说早点睡，也不需要他问我家地址帮我点外卖，更不想听“本来想过来找你的，下次带你去什么地方，你喜欢什么礼物我送你……”诸如此类的话。

这种话我听得太多了，我不是小孩子，你给块糖就跟你走，何况你除了这些什么也没做。

若是以前，别人问我，经常找你聊天的人是喜欢吗？我会说，不是喜欢，就是爱啊！现在大家都这么忙，谁有宝贵时间天天找你聊天啊！

可现在如果有人来问我，我会说，可能他只是一个无聊男。

如果你喜欢我，那就来追我吧，喜欢我的人那么多，我不需要只是空口白牙的爱情！

外面超多情侣，我害怕

我一出现
他们就后悔
自己已经有了女朋友

想被你骂声废物，然后被你照顾

有人说，成长就是将哭声调成静音的过程。

昨天半夜收到损友羊哥发来的消息："我觉得生活真的好难熬……"

我很惊讶，他怎么会觉得日子难熬？他是我见过的最乐观、最没心没肺的人！

他是我朋友圈里的超级开心果，走到哪儿都是话痨，饭局里他负责活跃气氛，微信群聊里能开车，能聊人生大事，甚至女权主义和婚姻生活都能跟女生们一顿乱扯，生活中遇到问题，他也能用哈哈一笑化解。

我以为他是发自骨子里的乐观，在路上看到一条长得丑的狗、刷微博时看到一个好笑的段子都能一个人笑很久，但现在他说生活真的很难熬。

羊哥终于向我坦白：“很多个晚上我开着灯看着天花板睡不着觉，有时喝酒喝到半醉才能睡个好觉，跟朋友疯玩时会突然难过，恨不得自己没在这世界存在过……”

我震惊到不行，忽然想起一句话，现在，大家的开心都是戴着面具的，乐观的面具长在脸上，负面的情绪崩溃在心底。

想起朋友木子前两年的状况，那时她临近毕业，父亲被查出患有重病，她放弃准备了一年的考研，去了南方大城市找工作，唯一的方向是薪资高，因为她需要钱。

工作压力大、时间长，她有时忙得昏天黑地，到午夜2点才睡觉，还要担心爸爸的病情，在网上查相关病症的资料。她每个月都要请一天假，坐8小时硬座回家看爸爸。

因为忙碌，她跟男朋友的关系也更加疏远，两人住在同一个屋檐下，但等她发现时，男朋友手机里已经有另一个女生叫他亲爱的了。

她真正死心是某个周末，她在家里，因为痛经在床上翻来覆去。她给男朋友打电话想让他回来送自己去医院，但电话未接通就被挂掉。她给他发微信，却在朋友圈里看到男朋友发了跟其他女生游玩的照片。她自己起床去医院打了点滴。

回家后她躺在床上给我发消息："老子今天终于又变成黄金单身贵族了，以后又能一起撩汉了……"

这是她后来告诉我的，发完消息她关了手机，想狠狠哭一次，但想到第二天还要上班，还是匆匆洗了把脸躺在床上睡着了。

有人说，成长就是将哭声调成静音的过程。

对啊，长大后，我们就失去了放肆哭闹的资格，把所有的情绪和崩溃都悄无声息咽下去，哪怕前一天痛苦整晚，难过得要死去，第二天依然早起化个妆，遮掉黑眼圈和浮肿，重新和这个世界交手。

为什么我们要将哭声调成静音？因为这是个崇尚情商的时代。

二十多岁的人了，如果还像小孩子一样放声大哭，未免会让人觉得情商太低了。

这个年代情商多么重要，很多人告诉你，喜怒不形于色才是高情商，能对不同的人笑脸相迎才是高情商，能刀枪不入拥有一颗强大心脏才是高情商，没有高情商的人就没有未来。

但事实上，喜怒不形于色完全没有情绪就是高情商吗？

真正的高情商，是让别人舒服也让自己舒服，这世界让人真委屈啊，我想好好发泄一场就不行吗？

其实谁都不可能永远开心，再厉害的人也会有崩溃的时候，逼迫自己把哭声调成静音不是高情商，能合理排解情绪让自己舒服才是真正的高情商。

没有谁愿意看到 24 小时戴着微笑面具的朋友，见面就能吐槽，难过就能在你面前大哭一场，才是朋友存在的意义。这世上总有人，能包容你是个想哭就哭的“老小孩”，不要逼自己成为一个没有情绪的面具狂。

也真想有那么一个人存在，能经常被你骂声废物，然后被你照顾。

我希望你们这样批评我

长得好看又有钱有什么用
还不是每天不上班当个废物

不讲道理的那个男人真帅

“爱情不是辩论，哪里需要辩个有理无理，爱你就是最大的道理。”

常常看到女生抱怨男朋友，自己受了委屈和遭到非议的时候，男友不是第一时间安慰她、支持她，而是过分理性地开始讲大道理。比如：

“上班就是这样啊！怪就怪你城府太浅了，要换作我……”

“难过有什么用啊？你看不惯的多了，有本事以后把他们踩在脚下啊！”

“不是我说你，你自己也有问题。你应该……”

每次听到这种话真是能让人吐血三升，拜托，我这是在跟你辩论吗?

其实很多时候，女生在情绪低落时向你倾诉，不是为了从你那儿得到“正确答案”，而是想从你那儿得到“慰藉”，这比什么都重要。

只有傻瓜才会在这种时刻选择讲全世界都知道的大道理，而聪明的男朋友都会认真听完对方的抱怨，然后摸摸她的头，轻轻地说一句：“没关系，这不还有我吗？”

我有个闺密，他们单位有个规定，只要迟到了，无论是一秒钟还是一小时都要按旷工一个上午计算。

有一天，她在家门口的车站等了四十多分钟，就算此时搭上公交车，也铁定要迟到了。于是她大袖一挥，干脆回屋睡了个回笼觉。到了上午十一点，带着惺忪睡眼起床扒了一口午饭，一面慢悠悠地走到车站，一面给男朋友打电话。

原意是想向男朋友控诉一下公司坑爹的制度，结果不可收拾地成了批斗大会。男朋友说：“怎么有你这样的女孩子，上个班也不好好上。哪个上司会喜欢员工迟到？再说你迟到就算了，知道迟到了还不赶紧去公司，这到底是什么想法?太不积极了。”

原打算找男朋友同仇敌忾的她，气得立马挂了电话，一整个下午心思全无，郁郁寡欢。

这个时候我需要的不是毒鸡汤和人生格言好吗?

我需要的是你作为我最亲近的人，在我受了委屈时，给我一个无条件的支持。

我需要的是，在受到非议时、无助时，身边能有人陪伴，让我坚信：即使全世界都与我为敌，你还是会和我站在一起的。

我只是个脆弱的普通人，比起人生导师，我更需要一个情感上的依赖者。

身边不乏有一些直男朋友向我抱怨，说他女朋友有时无理取闹、不讲道理。可换个角度想，恋爱中的姑娘要是没点小脾气，没点小情绪，那才真的有问题吧。

一个女人如果爱上一个男人还永远知书达理、秀外慧中、不黏人，或许是因为她不够爱你吧?

因为她把你当外人，所以才把在外人面前强装的镇定和冷静理智也用在你身上。如果她不爱你了，即使她上刀山下火海心如死灰也不会让你看出一点异样。

那些彬彬有礼，那些礼貌得体，都是陌生和疏离。她想给你看的，愿意给你看的，是一个百分之百的有好有坏的她。

有时候在所有的亲密关系中，女人讨论的永远不是对错，

而是情绪。

女人天生就是吃软不吃硬的动物，就像猫一样。如果你每天悉心照顾，逆来顺受，总有一天她会翻过肚皮，让你成为她最信赖的人。

但如果你想硬碰硬，就算身上没留下几道血印，她也会视你为路人，在你旁边漠不关心地打哈欠。

之前我在微博上看到一个问答，说你在什么时候最有被爱的感觉。一个答案很值得玩味——“我觉得他在为了我而不理智的时候，最爱我。”

虽然答案中充满了女性化思维，却也不无道理。

如果每个人在恋爱的状态下，都和在生活中一样正常，是从哪里虚构出满屏嗜爱如痴的痴男怨女呢？

如果做个“最讨厌另一半说的十句话”里，我相信“你能不能成熟一点”一定榜上有名。

拜托啊，我已经对着这个世界成熟了很久，只是在你没看到的地方罢了。

你要明白，这世界上这么多道理，就算你不说，也总有别人义正词严地讲给我听。而相爱这件事，唯独和你可以做呀！

你完全可以既有理性的思维，又选择一种不那么冷冰冰

的表达方式，达到异曲同工的效果。需要理性的思维，但不需要理性的表达。

比起你的“用心教学”，我更希望你重视我的想法——哪怕它在某些时候显得不那么正确。

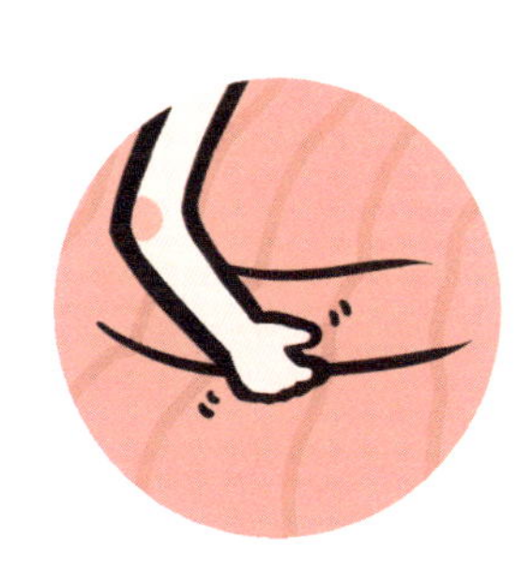

如何成为一个怎么吃都不胖的人

死心吧，我也不知道

喜欢你，就想要霸占你

♡ 喜欢本来就是霸道的事情。

小时候老师讲了一个故事，A 有一个很好看的橡皮擦，说借给 B 用。久而久之，B 也习惯了拥有这个橡皮擦，后来 A 收回了，这个时候，B 会难受生气，因为 B 忘了那个橡皮擦本来就不是他的。

老师教我们要懂得感恩。因为在老师看来，B 生气难过是因为 A 收回了这个东西，B 为 A 的这个行为生气。

可我渐渐长大，身边被拿走的东西越来越多后，才懂得 B 那时候难过生气，更多只是单纯地因为他失去了喜欢的东西。

喜欢的本能就是想占有它。

我们会因为得到了喜欢的东西变得开心，又会因为失去心爱的东西而变得难受，即使那个东西最后不属于我。但拥有它的时候，我就希望它是只属于我的，就像爱情。

我有一个朋友，我们叫他板栗。他最近总是不苟言笑，板着面瘫脸，晚上我们一起喝酒，他喝着喝着就掉泪了，他说他想他前女友小左了。

我忍不住投了一个自作自受的眼神。

小左是板栗的前一任女友，一个外表可爱、精灵古怪、特别能作的女孩子。

板栗那时候总和朋友说，她太作了，简直没法过日子。

板栗说，我和朋友正在玩游戏，她却电话不断。每次周末都拉着我出去逛街，我想睡觉都不行。她生日的时候，有一次我出差在外，就给她发了一个红包，她却为此几天没有理我。

我们都劝他知足吧，有个这么爱你的女朋友你还想怎样?很多人想有个人黏都没有呢!

板栗不以为然，他和小左提分手后，终于如愿以偿找到一个成熟又懂事的女朋友白。

白成熟又知性，识大体，什么场合都能收放自如，性格看起来无可挑剔。

板栗说，我今天晚上和朋友去喝酒，可能晚点回来。她说，好，少喝点，早点回来。

板栗说我在和朋友开黑，晚点给你回电话，白也不会生气。

周末白想去逛街，板栗想睡懒觉，白也觉得没什么，因为她可以和自己的朋友一起逛街，让板栗好好休息。

刚开始，板栗很享受这种相敬如宾的感觉，觉得和小左分手，简直是从恶魔的爪子逃脱出来。

可是渐渐地，这种相处模式就让板栗有些崩溃了。她看起来很好，但无形之中他们却有了一道无法逾越的鸿沟。

他说，他好像从来没有走进她的心里。

“她不会冲着我撒娇任性，她不会在我面前表露太多的喜怒哀乐。我以前和朋友玩得有些晚，到凌晨，回去我就会看到小左还披头散发坐在客厅等我，虽然一脸怒气。但是和白在一起，无论再晚，我回去她都已经睡了，第二天醒来，她也不会指着我的鼻子问，昨天到底疯到几点。

“我以为她是这种很会体贴人的个性。直到有一天，我听见她在厕所哭着打电话，才知道那是她的前男友，她心里一直没有放下他。

“她前天和我说对不起，她说她也想努力重新爱一个人，但发现好像并不能。

“原来她也有矫情哭闹的时候，只不过那个人不是我，

她只是从来没爱过我……”

板栗说着说着，又流下了眼泪，猛喝了一口酒。

早知如此，何必当初呢?

在微博看过这样一段话，太过理智的爱情多半不会走心。

如果一个女人在谈恋爱的时候不黏你，也不在你面前任性，理智得从来不会出错，那她要么不爱你，要么就是根本不需要你。

喜欢本来就是霸道的事情。

有位粉丝曾给我留言说，自己暗恋班上的一个男生很久了，但是男生并不知情，每天看到这个男生和其他妹子聊天，都要偷偷生气很久。她说明知道自己没有一点干涉他的权利和身份，但是她控制不住自己的情绪。

她问我自己是不是有病。

我说：“傻瓜，这明明是喜欢一个人才有的表现啊，如果要说喜欢是一种病的话，大概世界上所有人都有病。”

喜欢一个人的时候，就是每时每刻都忍不住去想念他，想清走他身边所有的异性，恨不得这个世界只剩下自己这一个女的。

爱情会激发一个人的占有欲，我可以把我爱吃的、爱玩的都分享给我的好朋友，可是唯独爱情不行。

《霸王别姬》里，哥哥饰演的程蝶衣对师兄段小楼说：

“我要和你唱一辈子戏，少一年、一个月、一天、一个时辰，都不是一辈子！”

因为我喜欢你，才不想错过你的每一分每一秒。

之前在微博上看过一段很煽情的话，我翻遍你所有的微博、空间、朋友圈，只为弥补那些我错过的你的曾经。

我喜欢你，就是想霸占你，我恨不得有哆啦 A 梦的时光机，能让你的曾经也有我的参与，我希望现在、未来、我以后的所有日子里都有你。

只因为，我喜欢你！

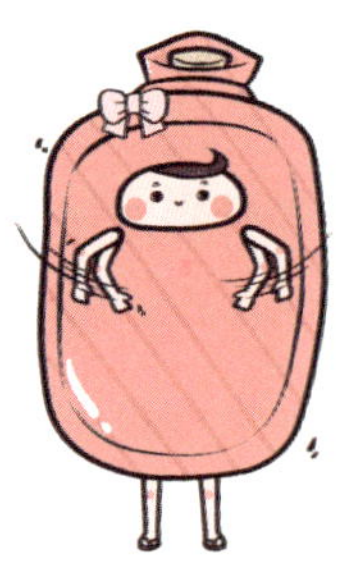

女生瘦不下去是因为这个

我这满腹的经纶
就得有 50 多斤啊

我们星座不合，可我还是喜欢你

想分手的人总有千千万万个理由，容不得你不答应。

你十九岁生日那天，买的蛋糕上画着两个长翅膀的小人，我笑着问你：“这是丘比特吗？”你捂着嘴笑：“这是双子座，你连我的星座都不知道吗？”

朋友们笑成一团，我很尴尬，就好像我们刚认识那会儿，我说我最喜欢的电影是《阿凡达》，你却以为我说的是骑毛驴的阿凡提。

其实我早就知道我们俩星座不合，只是一直没敢说出口。

从认识你的第一天起，我的那些好哥们儿就怂恿我追你，

当然我一开始是拒绝的，你知道，我一直都是一个做事慢吞吞的人，没有那么爽快。

你生日的那天，我还对着日历研究了你的星座。

很可惜的是，网上说土象星座和风象星座不太搭，后面还有三千字的解释。我正往下翻的时候，你笑着对我说："该吹蜡烛了。"

我承认，那天你吹蜡烛的样子真是太漂亮了，我当时心里想的就是，去他的星座，去他的未来。我只想和你在一起，现在，立刻，马上。

在处女座的眼中，双子座易变的性格实在是缺陷，应当改正。

但孩子都不愿被训斥，也不想改变自己的天性。

所以双子座一点也不愿意接受这种改造。

他们的确很欣赏土象星座那种安稳平静的心态，并常常会从那里获得慰藉和关怀，可若要放弃他们生活中的自由与洒脱，那也是做不到的。

我实在很诧异古希腊人能把天空中那些毫不相干的星星想象成各种神话故事里的形象，并一一给它们命名。

在我看来，这需要高超的几何想象力和丰富的艺术细胞，可惜的是这两者我都没有。所以我是不相信星座的。

人对于自己越不擅长的领域往往越讨厌，就像穷书生都讨厌富二代。

但有那么一刻，我觉得星座还是有道理的。

比如，当你说“我们分手吧，我觉得我们星座不合，他是天秤座的，我觉得和他在一起更开心”时。

好吧，你要是说我穷，我好歹也能发愤图强挣点钱。

你要说我胖，我也能日夜锻炼瘦点身。

哪怕是说我丑呢，我还能试试去整个容。

你非说是星座不合，我总不能让我妈晚几天生我吧？

我妈听了要流泪，我爸听了会沉默。

你花了十五分钟数落我们的星座不合，我一句也没有听进去，其实从“分手”两个字说出来之后，后面你讲的什么我都没听到。

那一刻，我觉得星座还是很有道理的，至少用这个作为理由没有那么伤人。

被甩的那个人以后想起来，可以安慰自己当时只是性格不合而已。

是啊，没有星座不合，你还能说性格不合；

没有性格不合，你还能说信仰不合；

没有信仰不合，你还能说户口不合。

想分手的人总有千千万万个理由，容不得你不答应。

你看，这样一来，世界不就和谐多了？

只是，我做不到和你下次见面微笑着问好，我也无法接受我们这么久的感情就在一句“星座不合”中轻飘飘地消散了。

可我也不能发火，怕吓着你；我也不能发飙，怕会伤到你；我也不能去找那个男人决斗，毕竟我还没有买医保。

我伸出右手，示意你凑过来。在你的注视下，我慢慢弯曲食指、无名指、小指。

“去他的星座吧！去他的星座！”

想转身走得潇洒一点，却被脚下的石头绊了一下。

每一个看起来奇葩的分手理由背后，都是日积月累的矛盾，我们习惯性地把责任推给星座、性格那些虚无缥缈的东西，就是不肯坦率地承认：

我不喜欢你了，我喜欢上别人了。

星座之说不过是一针安慰剂，缓解了甩人的愧疚，麻醉了被甩的疼痛。等到夜阑星稀，麻醉效果逐渐消退，漫天的绝望和痛苦淹没你的时候，你肯定也会和我一样，骂上一句。

可除了骂一句，还能怎么样呢？

很多年后，有个小姑娘屁颠屁颠跑到我面前问我：“师

兄，你是什么星座的啊？”

我看着她天真的样子，说：“我们受过马克思主义熏陶的人，要相信科学，是不能信这个的……”

比单身更可怕的是什么

单身还没钱

我只想在你心里与众不同

真心喜欢一个人的时候，恨不得把所有的独一无二都给她。

“七夕”才过去不久，有好多情侣开心地牵了手，也有不少情侣正在闹分手。

莎莎就是受不了男朋友了，坚决要分手。

这一年一度的情侣节日，莎莎男朋友就只送了他一句群发的“七夕快乐+爱心”。

晚饭的时候，男朋友还叫了一群朋友，美其名曰一起过节。

明明是两个人的甜蜜节日，却变成了一群人的狂欢……

莎莎男朋友玩得根本就忘了女朋友在旁边。

大家快要各自回家的时候，男朋友在街边买了一堆十五块钱一个的“莲花灯”，送给所有女生当节日礼物……

男生不明白，莎莎为什么又生气了？

祝福也发了，礼物也送了，错也认了，到底还有哪里做得不好了？

你的祝福是群发的，送的礼物是和其他女性朋友一样的十五块钱的“莲花灯”，认错的话是“我错了，还不行吗”，然后你来问还有哪里做得不好……

不管是礼物也好，还是认错也好，女生不过是想要你的一份特殊对待。

一份把她当作女朋友而不是女性朋友的对待。

小镜的前男友也是一个自诩“不能重色轻友”的人。

因为外形条件优秀，男生之前被学校选为了模特队的一员。

队里大部分都是腿长貌美的小姐姐。男生跟小镜说：“我和她们关系好，平时在一起玩，你别介意啊。”

小镜以为，正常的社交没什么不好的呀，都是朋友，偶尔聚会也正常呀。

万万没想到，每次出去聚会，男生不仅会搂着小镜，也经常会搂着那些小姐姐。

每次过节，男生准备的礼物都是好几份同样的，小镜一份，其他的小姐姐人手一份。

每次大家一起吃饭，男生会把每个小姐姐最喜欢吃的一道菜点了，还会给每个人夹菜……

小镜有一次看他的聊天记录，发现每天晚上，男生不仅和小镜说晚安，还会和每个小姐姐都说晚安。

小镜和男生说分手的时候，男生还觉得委屈，认为她们都是自己的哥们儿，而且一视同仁，小镜怎么就这么小气呢！

对啊，你这么博爱，当女朋友和女性朋友又没什么区别，还不分手，留着我的小气给你难堪吗？

男生认真谈恋爱的时候，才不会犯那种博爱的低级错误，甚至比女生更小气。

朋友就跟我说过这么一件事：

他爸爸年轻的时候特别潇洒，是县里数一数二的美男子，从来都是女孩子追着他跑。

后来他爸爸喜欢上了他妈妈。

从来没追过女孩子的他爸爸，为了给他妈妈准备生日礼

物，把县里所有的蛋糕店都尝了一遍。

然后买了最好吃的那一家店的蛋糕送给他妈妈。

那时候条件还不错的人都有自行车骑，他爸爸也有一辆。

没遇见他妈妈之前，自行车载过很多其他的女生朋友。

遇见他妈妈后，他爸爸变得特别小气，谁都不能碰车后座，只能载他妈妈。

那些喜欢他爸爸的女生和他说玩笑话，他爸爸都立马回避。关系再好的女生朋友要找他爸爸，都得通过他妈妈跟他爸爸联系。

真心喜欢一个人的时候，恨不得把所有的独一无二都给她。

最好吃的那支冰激凌，最甜的那口西瓜，最受欢迎的那支口红，最长的相处时间，还有距离你最近的位置……

想好好“霸占”她逗她开心还来不及，哪里有心思关心其他女生？

女朋友并没有男生想象中的那么作，想想你追到她之前，当她还是你女生朋友的时候，她比谁都温柔懂事。

但当你追到了人家之后，就要分清楚女朋友和女性朋友的区别。

你对女性朋友的好绝不能超过对女朋友的好，因为女性朋友可以有很多，女朋友只能有一个。

如果你对她和对别人都是一样的，那她为什么要选你做男朋友？

我换电话了，你们记一下

最新款 iPhone
256G

这样对你才算真爱，其他都不算

为你花钱的人不一定爱你，肯为你花时间的人才算爱你。

“喂！亲爱的！在干吗？”

“还在加班呢，明天要出差，早上6点的飞机，怎么了？”

“心情不好，本来想让你陪陪我的……”

“在家吗？我现在过来……”

你的男朋友是不是这样，在你需要陪伴的时候，不管多忙，也能抽出时间，马上出现在你身旁？

童安的男朋友在一家外企上班，世界500强，出了名的“加班狂”。但在童安眼里，他从来不忙，对待她的时候，

他永远有空。

童安想唱 K，他就订好包厢，在合适的时间带她去唱；她想吃小龙虾，他就在周五的晚上，拎着一袋小龙虾上门，给她做一顿丰盛的晚餐；她想看哪个新上映的电影，他总不会让她失望。

朋友们都羡慕童安：“真羡慕你，男朋友总是有空陪你。”

童安笑而不语。

直到某次聊天的时候，才听到她的真心话：“真正爱你的人，一定有时间陪你。”

“他的确很忙，几乎每天都要加班，但总会有休息时间，他把他的休息时间全部给了我。就算有时候实在太忙，连周末都要加班，他也会空出一个晚上的时间，用心策划一场不乏小惊喜的约会。”

我恍然大悟，为你花钱的人不一定爱你，肯为你花时间的人才算爱你。而真正爱你的人，不管多忙，也总不忍心看你寂寞没人陪伴。

宋颜的男朋友是一家公司的 CEO，算小有成就，经济富足，平时也对她不错，她想要的东西都能满足她，唯一的缺点就是太忙，忙到根本没时间陪他。

宋颜说：“我不知道这段恋爱还能不能谈下去，感觉

我像被他包养的一样。他只有很空闲的时候才会约我见面，有时一周一次，有时甚至一两个月一次，平时电话和信息也很少。”

闺密安慰她：“也许他是真的忙呢，看他送你那些东西，不也是爱的证明吗？”

宋颜说：“我也不是穷到不能养活自己，我不在乎他为我花多少钱，再说那点钱对他来说根本不算什么。如果有需要的时候他都不能陪在我身边，那我还要男朋友干什么？”

后来宋颜终究提出了分手，分手后不久，就得知他跟前女友复合了，不但平时有时间陪她，还能抽出时间一起去旅行。

他同样有那么多事情需要处理，需要加班的时候就把电脑和资料带回家，在她身边办公；上班时的午休时间，开 40 分钟车去她公司楼下跟她一起吃饭；连续加了一星期晚班，空出三天时间，带她去海岛度假。

“看吧，只要真心想和你一起，再忙也抽得出时间来。”宋颜呵呵一笑，把他送的所有东西打包寄了回去，删了电话和微信，决心和他彻底断了。

对啊，时间比金钱珍贵，谁也不愿意花在不在乎的人身上，快节奏的时代，每个人都像拧紧了发条一样往前奔，“忙”

也成了拒绝的借口。

“明晚有场精彩的话剧表演，一起去看？”

“不了不了，手头有份资料，客户急着要呢。”

“那周末一起吃个饭？”

“不了不了，周末要加班呢，对不起啊，最近真的很忙。”

看吧，不想为你花时间的人总是很忙。

但真正爱你的人，三五天不见你，就算身在忙碌中，也会因想念而迫不及待想来见你。

即使再忙，也会抽出时间，在你需要的时候，出现在你身边，因为不想让你失望。

朋友亦如此，这辈子能有几个随叫随到、能在需要时相互陪伴的真朋友，则更应该珍惜。

“二狗！明天去逛街吧！”

“还有个设计没做完！”

“明早十点老地方见！”

“好！”

珍惜你身边永远有空陪你的人吧，不论是朋友还是爱人，人生因为有他们的陪伴，才不寂寞如雪，而你有幸遇到这样的人，才会觉得温暖。

为什么我这么穷

还可以吃得这么胖

发了朋友圈，才算谈恋爱

世上最惨的恋爱就是，做一个见不得光的爱人。

确认恋爱关系之后第一件要做的事是什么？

我觉得是发朋友圈。

前段时间的情人节，看到哥儿们石头的发的朋友圈：

“老哥我今天终于名草有主了，感谢我的仙女姐姐，现在觉得人生都圆满了，余生，请你多指教。”

下面的配图是两人的自拍，两张脸凑在一起，望着镜头笑得一脸开心，隔着屏幕都能感受到他们的幸福。

看到这条朋友圈，我们群里炸开了锅，有调侃有祝福，

但最重要的是，大家都知道，石头是名草有主的人了。

以后，想到石头的对象，我们都会自动带入那个女孩，再也不会有人把石头和其他女生，用“爱情”这两个字联系在一起。

发朋友圈的意义就是，跟我的所有的朋友都宣告，从此，你是我的女朋友，正式入驻我的生活，我的交际圈，我的心里。

“发完朋友圈才算搞对象，其他都不算。”

我觉得世上最惨的恋爱就是，做一个见不得光的爱人。

玫子和她男朋友已经快三个月了，这三个月里，男朋友哄她上了床，再哄她搬到自己家同居，俨然一对恩爱的情侣，但是，男朋友始终没有在任何朋友面前承认过她。

他喜欢发朋友圈分享生活，有美食、宠物、鞋子、书，甚至有其他的朋友，但是，始终没有她。他也没有带玫子见过自己的朋友，每次跟哥儿们的聚会，都是独自赴约。

最令玫子绝望的是，有次她发了一张自拍照，男朋友评论了几个亲亲的表情，但是，发现有一位共同好友点了赞之后，他立刻删除了评论。

玫子觉得委屈，她不是小三，也没有伤天害理，更没有丑得惊天动地，但是，他始终没有让她进入自己的朋友圈里。

前几天，她提出分手，男朋友一口答应了。

他终于坦白：他心心念念的，还是前女友，从没想过跟她长远走下去。

曾经有人说，衡量一个人爱不爱你的标准是，看他喜不喜欢秀恩爱。但我觉得，喜不喜欢秀恩爱或许是每个人个性使然，但是，如果连跟身边的人宣布你的身份的念头都没有，那这段感情是不会有结果的。

别忘了，爱情最好的模样，是穿上西服配白纱、红毯配鲜花，在所有人的见证下，宣布与彼此共度一生。

能把你公布在朋友圈的人，才是那个有可能为你披上婚纱的人。希望你们都能遇到这个对的人。

真正爱一个人

会想告诉全世界
这只猪是我的啦

两个人在一起最好的状态

让女朋友变得越来越坚强，绝对是男生的失败。

昨天听闺密说自己去医院动了阑尾手术时，我气得想冲过去打死他男朋友。

“只是个小手术也不是什么大事。”她在电话那边云淡风轻。

“你男朋友呢？”

“他说有事忙……”

我无语，她那个男朋友永远很忙，忙得像不存在一样。

所以她生病了没人陪着去医院，下暴雨没人送伞自己淋

回家，大夏天自己跑四趟把家搬到城市另一端。

谈了两年恋爱，她从一个被蚊子叮个包都要哼唧很久的软妹，变成现在自己去手术也一声不吭的坚强女汉子。

我说你找个男朋友就有用吗？

人家都说爱一个人是从此有了软肋也有了盔甲。

但遇到这样的男朋友，她简直成了一座刀枪不入的铁城墙，从此再无软肋。

让女朋友变得越来越坚强，绝对是男生的失败。

想起我的高中同学，一个专修体育的女汉子，能一手把铅球扔两米远，能搬着桶装水不喘气上五楼。

喜欢混在男同学堆里和他们一起打篮球，称兄道弟撩妹子。跟女生站在一起只有CP感没有闺密感，由内而外散发出“汉子”的气息。

但上次去广州时见到她，两年不见，她竟脱胎换骨像回炉重造了一样。

不是头发由短变长、不是素面朝天到化着淡妆的那种变化，是整个人的气场都变了，身上的汉子气息全部褪去，取而代之的是小女人的温柔和娇俏。

跟她男朋友一起吃了一顿饭，我就明白她为什么变了。

吃饭时男朋友给她洗碗筷，给她夹菜，她面前的桌上溅了点汤汁他都及时用纸擦掉，怕弄到她身上。

有她男朋友在，她可以是个完全没有自理能力的残疾人。

是她男朋友彻底“宠坏了她”，她再不是那个搬水的女汉子，只是个柔软的小女人。

我只能羡慕，这样的男朋友才是男友力 max 好吗？

《红楼梦》里的宝哥哥说女人是水做的。

这话真不假，女生都是一杯水，冷淡会让她变成坚冰，热情与爱会让她柔软，甚至沸腾。

其实每个女生都想在男朋友面前扮演幼稚鬼、娇滴滴的姑娘，而不是女超人。

也没有谁天生坚强，刀枪不入的女汉子都曾被爱情和生活百炼成钢。

有时候我也很挺羡慕那些很作的女生，有资本作天作地，至少说明人家有人宠呀。

成功的男生会让女朋友越来越柔软，而失败的男生都会让女朋友越来越坚强，等到她坚强到不需要你了，你就可以顺利失恋了。

我也想让我男朋友好好跟人家学学，把我这样的抠脚大汉变成志玲姐姐。

毕竟爱情最好的状态，莫过于遇到那个最合适的人，他能融化你的坚硬，也让你修炼得越来越柔软，发自内心地柔软。

交朋友的基本要求

作为好朋友
长得比我丑
是对我最起码的尊重

找个成熟的男生谈恋爱

成熟的男人不会把“我爱你”挂在嘴边，但每当你需要他的时候，他都会出现。

前两天，我的朋友小小跟我说她分手了。

小小是我大学时候的学生会主席，做什么事都雷厉风行，干脆利落。

她总是一副大姐大的样子，看起来很厉害，没有她搞不定的事，她很少麻烦谁，倒是别人经常有求于她。

那时候她交了个男朋友，跟她同届，是校篮球队队员。虽然长得高大，但是总让人觉得气场压不住小小，我们当时

并不看好那个男生，只不过小小喜欢，大家也就没说什么。

没想到，这一谈就是两年，在我们都以为他们已经走上正轨的时候，她和我们说，她分手了。

我问她为什么？她说：“不想又当情人又当妈了，我也是女生啊，我也需要被保护啊。”

的确，除去小部分喜欢照顾别人的女生，大部分女孩子都是需要被照顾的。

小小跟我们说，有一次他们去旅行，从订票到查攻略，全都是她一个人在准备。

就连行李都是她在扛。小小多次提醒，男生才意识到行李箱很重，其实那时候小小已经有点不高兴了，毕竟才二十岁，谁想带个巨婴啊？

可男生什么都不懂，还一个劲儿问她怎么了……

到了目的地之后，男生就自己在打《王者荣耀》，还把声音开得很大，全然没想到小小的辛苦和疲惫，还问她怎么还没有点外卖。

那时候小小就想，真是受够了。

她要的是被保护和被照顾，她要的是偶尔也能撒娇任性。谁不想依偎在男朋友身边，大风大雨他来挡啊？费尽心思教他做一个合格的男友真的太累了。

我有个学设计的学妹，刚工作的时候犯了个大错。

她提前半个月完成了一份设计，但是考核前几天，她误删了文件，而且无法修复。

她急得不知道怎么办，男友推了出差的行程，第一时间赶来安慰她，和她一起重新做了一份文件。

他们交往两年来，任何一次她着急的时刻，男生都会第一时间赶到她身边，同她一起解决。

其实每个女生都需要一个在她迷茫的时候，给她指引正确方向的男人，而不是和她一起彷徨，甚至比她更抓瞎的男人。

当你遇到问题的时候，成熟的男人会说："我们先这样可以吗？不行我再想办法。"而不成熟的男人却会说："跟我说也没有用啊，我又帮不了你。"

成熟的男人遇到问题会找方法解决，而不成熟的男人遇到问题只会找借口逃避。

成熟的男人不会把"我爱你"挂在嘴边，但每当你需要他的时候，他都会出现。

我喜欢和成熟的男人谈恋爱，大概是因为感冒他能带我去医院照顾我，肚子饿他能二话不说带我去吃饭。

他能给我十足的安全感，他有上进心，会赚钱养家。

他答应我的事能说到做到，会包容我的坏脾气和无理取

闹，不管去哪里、做什么都不用我操心，安心跟着他走就行。

不像跟幼稚的小孩那样，他们的爱情，不是多喝水，就是早点睡。

其实曾经的我也很想陪着你，从无到有，看着青涩的你，变成最好的你，但在半路上，我已经被你气得吐血身亡了。

所以，不是接受不了男生孩子气，而是受不了男生一直长不大。

现在，我想找个成熟的人谈恋爱，即使晚一点遇见也没关系，最好，你刚好成熟，我刚好温柔。

刚刚被表白了

来，我们恭喜刚刚

以结婚为目的的谈恋爱才是耍流氓

谈恋爱，应该是两个人爱到没有力气折腾了，那就结婚吧，这才是高尚的。

“如果一个男生还没追到我的时候就抛出他对结婚各种标准，那么，我想我会踹他一脚，让他离我远点。”

表姐昨天去面见了一个相亲对象，是大舅的老战友的儿子，之前听大舅提过好几次，都被表姐拒绝了。无奈家里仍然多次敦促，碍于父辈们的脸面，表姐最后还是很不情愿地答应了。

见面那天，两家人浩浩荡荡围成一桌，典型的中国式相

亲，吃饭夹菜的时候，两家父母毕恭毕敬，都开始讲起自己儿女的工作、特长，好像都认为谁和我家宝贝孩子在一起是上辈子修来的福气似的。只有两个年轻人全程默不作声，埋头苦吃。

表姐转念一想，对方说不定也和我一样同是天涯沦落人，大家一起相互吐吐苦水，做个朋友也挺好。

吃完饭后，双方家长又浩浩荡荡离去，都说要留给两个当事人单独聊天的机会。结果这个坐在对面沉默寡言的男孩终于说话了。

“我的条件，我爸妈也说了，你觉得合适的话我们就试着交往一下吧！”话里透着身经百战、食尽人间烟火的意味，麻木得像被游客拒绝了也可以挤着笑容说“好的，下一位”的旅游区景点的商户。

表姐被这一席话气得呕血。“嘿，我说朋友，你喜欢我吗？你就想着交往？”

“我觉得我们双方条件相差不大，父母又是熟人，还算适合结婚。”在他看来，爱情并没什么大不了的。

“说这话前，我觉得我们还可以做一对同病相怜的朋友，这句话后，我觉得我们还是保持吃完饭就当陌生人的关系比较好。”说完，表姐转身就走了。

我能体谅她当时的心情，表姐和我一样，是一个爱情理想主义者。

于我们而言，选择和一个人一起，若不是因为喜欢，就是对爱情的侮辱。

表姐说，虽然当时语气过激了点，但是生气之余更多是觉得悲哀。

她以前以为这种信奉婚姻为己任是上一辈人独有的思想残留，没想到却在我们这一辈人心中也渐渐扎了根。

中国典型式的相亲，不是两家人在帮自己的子女寻找另一半，大多时候是父母在帮儿子找保姆，帮女儿找一张长期饭票。

我能理解现在的生活压力巨大，社交圈局限让我们很难遇到那个自己心仪的人。相亲作为一种社交活动，能让我们拓展自己的社交圈，这是值得提倡的。

可是我受不了的是，这种直接奔着结婚而谈恋爱的想法。我们的里里外外都可以打印成一张 A4 纸陈列出来，逢人就发，像发传单一样廉价。反复挑选的过程又像被拍卖的商品，在拍卖师未一锤定音前，一样来回被叫价和转让。

身边很多人和你说过：

“谈了又没结果有什么谈的？”

“哪有什么爱情？最后都是生活，找个合适的人嫁了就

好了。”

“结了婚还可以慢慢培养感情的嘛！”

我不敢苟同这种本末倒置的恋爱观，难道爱情之所以珍贵，不就是因为它是最不应该计较得失和后果的一件事吗？

我一直认为，爱从来都由自己先做起，并不以结果论成败，哪怕我并不知道这份爱会给自己的将来带来怎样的结局，也要在有能力爱的时候先去爱。

英国大文豪莎士比亚说过，一切不以结婚为目的的恋爱都是耍流氓。

这话被引到中国后，如今却成了权衡爱情好坏的不二法则。似乎牵了手上了床没有结果的爱情都是在践踏青春，谈了恋爱不结婚的人，都是在耍流氓。

可在我看来，这种用婚姻绑架爱情的婚恋观，才是真正的耍流氓。

恋爱本身就是一件很美好的事情，我想和你谈天说地，虚度光阴，那是爱情带给我们的愉悦感，换作其他人就不行。当我们两个人谈恋爱到一定阶段，折腾够了，结婚只是水到渠成的事情。

我很赞同曲筱绡在《欢乐颂 2》里说的一段话：“以结婚为目的的谈恋爱，那都是功利的。谈恋爱，应该是两个人爱

到没有力气折腾了，那就结婚吧，这才是高尚的。”

读书为了考试，考证为了涨工资，从学习到工作，从生活到理想，我们做任何事情都带着目的，都为了结果，我们变得急功近利又麻木。可现实生活已经够我们累了，可不可以别把这份功利心带到感情生活中？

谈恋爱不应该是谈着谈着，顺便结个婚吗？

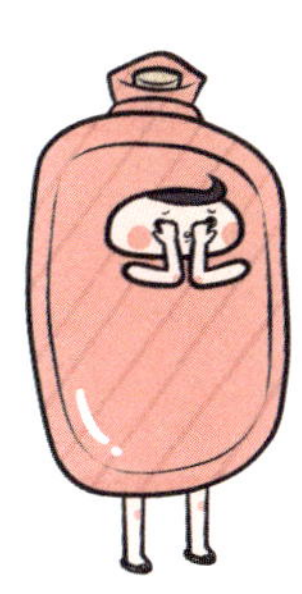

长得好看有多重要

自古红颜多薄命
因为没人在乎丑的人能活多久

| 03 |

如果是真爱，请你慢点来

去恋爱吧，别暗恋了

相较于无疾而终的暗恋，我的暗恋是有始有终且无人知晓的。

从什么时候开始的呢？

从高中自我介绍的时候开始。

那时的我，无论是思想还是身体，都被禁锢在宽大而又丑陋的校服里。

其实这话是托词，你我都清楚校服不丑，丑的是你自己。

所以当一个穿着校服还仍能呈现出“顺眼”这种状态的少年出现在你面前的时候，有好感是一定的。

而且这个少年还说自己要考清华、北大，虽然第一次月考成绩说明他只能考北大青鸟，但你还是会觉得：嗯，真是个向上的人。

于是，我的暗恋对象就这样毫无预警地、一点都不轰轰烈烈地出现了。

要问我为什么喜欢他，不知道，大概是由于当年他在我眼里还算长得顺眼的吧。

当然，现在脱去粉丝滤镜回想他当年的长相，完全可以说我是被豆豉夹了眼睛。

但是，那时候他的颜还是很吃得开的。

高中时候要和一个人混熟还是挺简单的，特别是在你故意的情况下。

没过几天，我就与他拥有了深厚的情谊，当然了，是兄弟的那种。我会和其他人一样起哄他和其他女同学的“桃色绯闻”，问他是校花好看还是班花好看。笑他成绩那么烂根本就考不上清华或北大，还是不要做梦，考个职高算了。但事实上，我会帮他借成绩好的同学的笔记。碰到不会的题目，一定会去问清楚，因为担心他也不会，要是他来问我怎么办。我会在脑子里一遍一遍临摹给他讲题的场景，很可惜，从来没有实现过。因为他同桌是长得好看成绩又好的女生。

调座位坐在他附近的话我会高兴很久，因为就算上课也

可以跟他讲话。周末时，我会故意在学校里到处逛，因为我不知道他去哪儿了，想着可不可以在某个地方碰到他。知道他喜欢大眼睛、长头发、穿白裙子、说起话来轻声细语这类女生的时候，就算做了很久的心理准备也还是会感到难过。毕竟，我在高中的时候是一个会打群架的女生啊！我也真的考虑过要不要留个长发，但想想还是算了，其实留了长发他也不会喜欢我。他就是不喜欢我啊！

所以告白这件在偶像剧里被渲染得无比罗曼蒂克的事情我从来都没考虑过。

“今晚的月色真美啊！”这类暧昧的擦边球我也没打过。

我压根儿就没打算让他知道我喜欢过他。

每个女孩子心里都会有那么一个对象，他不是用来谈恋爱的。他的唯一作用，是在很久很久之后用来想起的。

他代表着我们的青葱岁月。在那个时候，我们在午休时间昏昏欲睡，头上的大风扇嘎吱嘎吱地响着，不禁让人怀疑这东西会不会因为年久失修掉下来。

你的刘海儿因为太油软趴趴地耷拉在脑门上，脸上还有因为压在书上睡觉印上的油墨。

接着被人摇醒，睁开眼睛，是他在提醒你已经上课了，

下午第一节课是数学课，老师很严厉，千万不要再打瞌睡，会被要求去教室外罚站。

这段岁月很美好，却再也回不去了。

你敢对喜欢的人说这句话吗

明天一起床
就去谈恋爱吧
别拖着了

早点遇到你，余生都是你

与你相遇就是一场赛跑啊，我必须跑过别人，早点遇见你。

听说你最近在练习说情话，今天一大早就收到你的微信：

我愿意，晚点遇见你，余生都是你。

你看，你根本没有说情话的天赋。

谁都知道这是微博上照搬下来的句子，没有一点新意，也不走心。

但是，看你已经努力学习了很久的份儿上，就原谅你了。

不过我是不会同意晚点遇见你的，我恨不得从一出生就遇见你，如果有下辈子，我还要更早地遇见你。

因为我想霸占你孩提时代的单纯、十三四岁的纯真，还有十八岁的情窦初开。

如果人的平均寿命是 80 岁，那我们这一辈子，就有大约 70 万个小时。

少一年遇见你，就少了 8760 个小时，这么多时间啊，我怎么舍得浪费。

我们逛完高中校门口那条小吃街只用 30 分钟；

步行去市中心的电影院看一场电影一共只用 3 个小时；

周末拥抱着一起睡个觉是 10 个小时；

我们一起去想去的城市看看风景只用 4 天，96 小时；

一起从春风和煦走到夏日炎炎，是 2000 多个小时。

你看，8760 个小时多珍贵，可以做很多很多事情。

我怎么可以在遇见你的路上浪费很多个 8760 小时呢。

我必须早点遇见你，才能在有生之年里，跟你一起做更

多事情。

你知道吗？有人计算过，这世界有60亿人的话，两个陌生人相遇的几率是0.00487，相爱的几率是0.00049，你看，这是个多小的概率，比中500万的几率还要小得多。

错过的几率比相遇的概率大，所以啊。

人与人之间的相遇，从来都是偶尔不是宿命，遇上谁或错过谁，其实就是一瞬间的事。

就像我和你的相遇：

如果我当年没有选择转学，就不会遇见你了；

如果不是你高三时幡然醒悟努力学习，你就不能和我上同一所大学了；

如果在遇到你之前我就遇到了易烊千玺，你就没有机会了呀；

如果那天不是天气不好我在食堂躲雨，你也不会遇到我这么可爱的小仙女啊；

如果不是那些喜欢过你的女同学你都不喜欢，你现在就不属于我了。

所以，为了让你不遗憾，我要早点遇见你；

为了不让你先流浪到别的女生的怀里，我要早点遇见你。

还有啊，我一定没有跟你说过，我是个小气自私又霸道的人。

在你的人生赛跑里，我想要第一；

在和你的相处里，我想要你的第一次。

我根本不能想象，你第一次有心动的感觉的人不是我；

你第一次感觉到爱与痛的感觉的人不是我；

你第一次接吻的人不是我；

你第一次牵手的人不是我；

你第一次想念的人不是我；

你第一次想要结婚的人不是我。

我就是一个小气又恶毒的人，我不能想你把你给过我的这些好，都曾给过别人。

与你相遇就是一场赛跑啊，我必须跑过别人，早点遇见你。

我终究是幸运的，因为，我遇见你，虽然不早，但也不晚。

如果有下辈子，我还想要早点遇见你。

郎骑竹马来，绕床弄青梅。

我想和你青梅竹马一起长大，想霸占你的童年，如果一

生只有 80 年，我最多允许你浪费两年。

嗯，最多两年，等你学会走稳了路，就来找我。

这样才算很早遇到你，余生都是你。

如何在短时间内摆脱单身

放弃吧
好看的皮囊你玩不起
有趣的灵魂不搭理你

依然是爱情

我相信有一种爱情永远不会消失，只会随着时间的打磨，变得更真实。

周末和朋友吃饭，坐在外面邻桌的是一家三口，期间女人对着眼前的男人几度哽咽，引起了我的注意。

我抬头看了过去，女人背对着我，正在和丈夫说话：“我们在一起这么多年了也是有感情的，我不会离婚的，我不想连累孩子。”说到孩子，女人明显哽咽了。

我看了她身边的小男孩一眼，他抱着一杯冰激凌，用勺子一点一点地挖着奶油吃，神情木然。

男孩看了看难过的妈妈，又把目光转到别处去了。我一直看着他，在他的目光和我相遇的时候，见缝插针地给他一个微笑。

没想到小男孩吃了一大惊，看了看我，在自己的座位上扭了几下，就把身子缩下去了，再也不肯与我目光相接。我感觉到他小小内心世界里的灰暗和胆怯。

我突然有些难受，为这个无辜的孩子。

很多夫妻仅靠多年亲情和孩子维系着婚姻，他们不爱了，但也不会离婚。因为在他们看来，爱情是什么样根本就不重要，他们选择了一种自以为对大家“负责”的态度，彼此将就着过一生。

但他们不知道，一个无爱的家庭对孩子成长的伤害有多大。对于婚姻来说，没有爱情只有亲情的婚姻是一种悲剧。对孩子来说，在没有爱的家庭里成长也是一种悲剧。

很多人都说，爱情最后被生活磨得只剩下亲情。李志的《天空之城》里有一句歌词：“爱情不过是生活的屁，折磨着我，也折磨着你。”

可真正幸福的婚姻不应该是这样的。

我家楼下有一个挺可爱的老头，逛街的时候人多，拥挤，他就给老太太买那种粉色兔子耳朵的发卡。老太太很害羞，

老头就劝老伴戴着："我这么可爱的老伴儿，要是丢了，咋办？"

老太太爱上了广场舞，老头没事也跟着去扭，扭得很滑稽，基本跟不上节奏，总会被旁边的人笑话。有人问老头："你又不喜欢，干吗跳这个？"老头一本正经地说："我这么可爱的老伴儿，你看跳舞多好看，万一被其他老头拐跑了，咋办？"

小区路口车辆很多，每次碰到老头老太太，他们都是牵着手，有时候，起风了，老头还给老太太捋一下头发，他会微笑地看着老太太，眼里都是蓬勃爱情的影子。

这不是亲情，这依然是爱情。

两个人长久地生活在一起，当初相爱时的激情必然会慢慢转缓，这是相处规律，绝大多数人的爱情都会遵循这个规律，也会有争吵与不开心，这确实是很多婚姻里无法避免的事。

但真正有爱的婚姻是，即使我和你吵架了，吃饭时还会喊上你，即使我生你的气，还是忍不住关心你。

而不是最后不爱了，以"亲情"为理由彼此将就着过一生。

我相信婚姻里爱情和亲情是并存的，但是我不同意"爱情都会转化成亲情"这一说。我相信有一种爱情永远不会消失，只会随着时间的打磨，变得更真实，它深深植入你的骨髓，

让相知相惜变成一种自然的条件反射。

其实，真爱一个人，你会陷入情不自禁的旋涡中。吵不散，骂不走。他让你流泪，让你失望，即便这样，他站在那里，你还是会走过去牵他的手，不由自主。

而你这样做，不是因为那个人是你的亲人，只会因为那个人是你的爱人。

每次自拍都发现自己的颜值忽高忽低

一会儿好看，一会儿更好看

如果是真爱，请你慢点来

很多时候，爱情真的需要放慢速度，才能感受到其中的美好。

听一下午的数学课总觉得很漫长，玩一下午的游戏机就觉得时光飞逝。人在做喜欢的事情的时候，总是觉得时间太快。

而第一次和喜欢的人一起回家，想必时间过得最快。

你们手牵着手，漫步在学校门口的马路上，回家的路终究是有尽头的，于是只好把脚步放慢些，再放慢些，生怕步伐稍微快上那么一点点，这短暂的旅程就会马上结束。

就像是恋爱时刻意放慢的步伐一样，很多时候，爱情真

的需要放慢速度，才能感受到其中的美好。

有一次，我从图书馆出来，天上下着小雨，图书馆门口都是没带伞的学生。我旁边的一个女孩子在电话里跟男朋友撒娇："下这么大雨！你快来接我，不然我会被洪水冲走的！"

不一会儿，一个男生跑过来，拉住女生的手就撑起伞往雨中走去。

后来我的朋友开车来接我，我们一路慢慢往前开，在路上竟然又遇到了他们，女孩脱掉鞋子在雨中慢悠悠地漫步，男生跟在后面撑着伞。一段短短的路程，两个人似乎都不舍得那么快把它走完。

所以说恋爱的时候，时间是按秒计算的，生怕走得快一点，就到目的地了。

年少的时候总是烦恼，不知道爱情究竟是什么，猜测着是不是山盟海誓才叫爱情，是不是荣华富贵才叫爱情。

后来才知道，爱情就是那个总是让你很烦，傻乎乎的却让你牵手过一辈子的她，只有和她在一起，那才叫作爱情。

1950 年，相差 12 岁的王力金和黄绍珍在一次文艺活动中相识，后来结为夫妻，从此开始了他们相濡以沫的 64 载。在这 64 年里，王力金身上所有的衣服都是黄绍珍亲手缝制的，王力金再也没买过衣服。

在一个节目中，王力金问："老婆，你辛苦喽，我怎么

报答你呢？”

黄绍珍说：“我不要你报答，我要都攒着，攒到下辈子，还要你穿！”

从青涩少年到耄耋老年，从意气风发到步履蹒跚，这么多年，很多东西都变了，唯一不变的是那亲手缝的衣服和爱情。

和相爱的人在一起就是这样，在吵架和拌嘴中一生都过得这么快，快到我们都已经垂垂老矣，都要触碰死亡的呼吸。

但其实我害怕的不是死亡，而是再也不能和你吵架拌嘴，再也不能给你缝制衣物，再也不能摸摸你的脑袋骂你笨蛋，再也见不到那个温柔的你。

一辈子那么短，时间又过得那么快，我生怕和你在一起的时间会一下子就过去，只剩下回忆。

我想，如果时间能够走得慢一点，或许，所有的情侣都会像初见时那样，牵着手，眼里只有彼此，慢慢走在回家的路上。

在那条回家的路上，没有挫折，没有离别，没有死亡。

你在路上给她念了一首诗，是你最喜欢的诗人写下的最经典的句子。

她嘲笑你不标准的普通话，但上扬的嘴角怎么也掩饰不住自己的开心。

你的眼里只有她，那个笑靥如花、赤着脚丫在雨后的水洼里踩踏的女孩。

她的眼里只有你，那个笑容羞涩、撑着一把双人伞生怕她被淋湿的男孩。

于是这段路变得很漫长，漫长到等你们都垂垂老矣，躺在床榻上，还能记得那天雨后空气中的青草味。

时间过得很慢很慢，

我喜欢春天的树、夏天的花、秋天的黄昏、冬天的阳光，

以及每天的你。

如果是真爱，请你慢点来。

教你们一个问到喜欢人名字和手机号的办法

请问你支付宝号码是多少

我不相信爱情，我只相信你

你这么好，好到我想跟你过完这一生。

我听过很多不美好的爱情故事。

身边海誓山盟、你侬我侬的朋友们鲜少有人结局美好；一起生活了二十多年的父母还是避免不了争吵；很多深情形象的男明星转眼成了背叛爱情的坏男人；曾经在荧幕前感情深厚的爱侣明天就由爱生恨、劳燕分飞……

曾经说此生非你不娶的前任转身就爱上了别人，曾经把我捧在手心的旧爱也随着时间流逝、感情变淡、分手遗忘而变成不想再见的陌生人。

你看，爱情多么不靠谱，它总是波诡云谲，没有定数，伤一次就难以痊愈，甜蜜总是少数，矛盾、伤害、背叛才是主旋律。

遇见你之前，我根本不相信爱情；遇见你之后，我也不曾相信过爱情，我只相信你。

你会在我生病躺在家里时推掉重要的预约，陪我躺在床上聊天；我不能一起去的约会，你会告诉我什么时间地点和哪些人；如果没有及时回复我的微信，你总会事后告诉我原因；你无意间做错的事也会主动坦诚，不会刻意隐瞒我；你会在出差的情人节拿着我最喜欢的蛋糕忽然出现在我门口；当前任重新联系甚至诋毁我时，你毫不犹豫说“我相信你”；你会在我抱怨抠门上司和奇葩同事时，坚定地站在我这边，觉得全世界我最正确；你会在我做错事时，安慰我：“没关系，会犯错的女孩才可爱啦！”

你还说，就算有不开心的事，我也会哄你三次，但是，哄三次之后，你一定要原谅我啊。

我相信你，因为你给了我一份独一无二的安全感。你知道，女孩子总是需要多一点安全感。

有些照顾、有些爱情的感觉，我也曾在别人那里感受过，但是你给的这份安全感，我从未感受过。

只有你，你总能让我相信，不管发生什么事，你都会坚

定地站在我身边；就算全世界都会离开我，你也不会。

我从来不是个完美的人，但是遇到你之后，我觉得我就是世界上最好的姑娘了。

你这么好，好到我想跟你过完这一生。

我想和你过一生，想和你一起建一栋属于我们的房子，还有一间长满花草的小院子，想和你生两个孩子，再养两只大懒猫。

哦，对了，遇到你之前，我从没有幻想过和别人的未来。

在以往的爱情里，我总是想象不出以后的样子，总不确定能不能和这个人过一生。

我不相信那些爱情可以维持一辈子柴米油盐的生活，不相信一个男生的誓言可以一直维持到两人白头偕老，不相信一段感情即使走进婚姻的坟墓也不会变质。

但我相信你，想恨不得马上就和你过完这一生，生孩子、建房子、过日子、养孙子，随着时间流逝，从容地一起老去。

我想，等到 80 岁白发苍苍走不动路、躺在摇椅上回忆这一生时，还会觉得，和你在一起的一生真是有趣的一生啊！

真感谢有你，虽然走过一些曲折的路，但还是遇到你；我本不是笃信爱情的信徒，但我相信你。

如何追到一个吃货

和我一起吃过全家桶
我们就算一家人了

12个第一次

♡ 麻烦下辈子在我心里待得久一点。

❤第一次恋爱❤

你心里住了一头小小的梅花鹿，十七岁的你，连看他一眼都小鹿乱撞，连走路都变得蹦蹦跳跳。

你们穿着肥大的校服，走在第三节课课间的操场上，他说那是你俩的情侣装。

你们一起用录音机听张学友，一人一个耳机。他说以后带你去听演唱会，你开始期待有一个吻。

第一次失恋

你心里生出了一条蛇，一有人靠近，就摇起尾巴，告诉他们你很危险，你也没什么耐心。

你胸腔充满强烈的怨念，为什么喜欢你的人转身却牵了别人的手？

他坐在教室靠窗第三排，你的斜对面。

仿佛隔了楚河汉界，你期待他回头看你。

你盯着黑板大脑一片空白。

你是你，我是我。你恨恨地捏着笔，划破了试卷，发誓这辈子的事业就是让他不得安宁。

你再也不愿意相信爱情，却还是想写写他的名字。

第一次工作

你心里住了一只幼鹰，折断襁褓里的翅膀，你知道这样才能飞翔。

去了陌生又向往的城市，不向父母伸手要生活费，连续加班两个礼拜，体温计上显示着“38.3”。

你胡乱吃了两片消炎药，打开充满电的电脑，工作。

第一次接受现实

你心里住了一只绵羊，天真又可怜。

那个总被老板夸奖的女孩，坐在休息室里玩手机，妆容精致，服饰搭配华丽。

你看了看镜子里的自己，把不甘心和咖啡往下咽。有点烫嘴，也烫红了眼眶。

过了几天，她用你的文案做了主管。

第一次被背叛

你心里住了一匹狼，汗毛竖立，身冷心凉。

二十九岁生日你喝了酒，打开微信找到闺密，告诉她你忘不了初恋，还说了很多无人知晓的话。

你说这是你俩的秘密，没过两天，你得知，她把聊天记录截图发给她的好朋友和追求你的男人。

好像看到自己被扒光，然后被钉在十字架上。

她说至于吗?

你还是忍住了给她一耳光的冲动。

第一次相亲

你心里住了一条狗，活着就是被人牵着走。

妈又打来电话：“隔壁比你小五岁的姑娘月底结婚。”

你没说话。

“你爸病了。”

你买了第二天回去的机票，原来是场鸿门宴。

家里“病了”的爸在厨房做饭，妈喊你快点过去，你看到从沙发上站起来的男人，他手机响了，是张学友的歌。

一瞬间，你想起那只录音机。

饭桌上，妈不停地向男人列举你的优点，就像售货员陈述商品的特性。你皮笑肉不笑地保持礼貌。

电视里播着周星驰的《大话西游》，你突然记起那句：“他好像条狗啊！”

第一次和那个人接吻

你心里住了一只猫，总是对所有的示好爱理不理。

相亲的男人和你在同一座城市上班，你拒绝他好几次，那天下班，他直接在门口等你。

你问他去哪里，他笑着不说话。

演唱会上，你傻傻地看着张学友。

“她来听我的演唱会，在十七岁的初恋第一次约会，男孩为了她彻夜排队，半年的积蓄买了门票一对。”

有些对你很重要的事情，有的人说说而已，但有的人做了。他突然吻了你，你不知道为什么跟他拥抱亲吻。

不是因为喜欢，不是因为傲慢。

那是为什么呢？你想了一晚上也没有答案。

第一次结婚

你心里住了一只树懒，没有手忙脚乱，只是反应变得很慢。

你问朋友，婚姻可怕吗？她喂着宝宝说，女人总要嫁人生孩子。

妈在你的婚礼上泣不成声，“怎么这么快就嫁人了？”

她好像忘记相亲就是自己撮合的，但你看到妈眼里的不舍，突然间在台上泪流满面。

你听到新郎说“我愿意”，心底微微一颤。轮到你说了“我愿意”，却不确定是不是对他说的。

你们一桌一桌地敬酒，每个人都在祝福，听着听着，你发现这场婚礼好像让所有人高兴，甚至素未谋面的人。

但自己的人生与他们又有什么关系呢？

第一次生孩子

你心里住了一只猩猩，母性让你变得勇敢。

试纸上的两道红线，晃了眼，你捂着小腹，连转身都放慢了速度。他让你辞职待产，主管拉着你的手，高兴得像是怀了她的孩子。

你谢谢她多年的关照，谢谢她多次的指教。

离开的时候，所有同事围过来说再见，看着这些熟悉又陌生的脸，你好像有点糊涂 。

宝宝很漂亮，他说长得像你，是小美女。

你盯着那个呼呼睡觉的小家伙，想把整个世界都给她。

第一次失去亲人

你心里住了一只乌龟，只想躲在壳里，不敢接受这个事实。

你觉得以后再也没有事能伤到你，只是以后世界上少了一个无条件听你抱怨的人。

为什么非要这一刻才能发现？

第一次怀疑人生

你心里住了一只蚂蚁，上了年纪，一有事便急得团团转。

担心女儿早恋，翻她日记；老公回家很晚，看他手机，什么都没有发现，反而更加不安。

你每天都在焦虑，怕老公不安于这个家，怕女儿会像自己当初一样遇到困难，怕他们不需要你。

女儿讲的事你越来越听不懂，商场里的电子产品你越来越不会用，好像自己一下子变得很渺小。

终于在沉默中爆发，你痛快地在家发牢骚，连自己都觉

得莫名其妙。

过了一会儿，你听到女儿小声问爸爸：

“是更年期吗？”

第一次知道要离开这个世界

你心里有一只年迈的大象，慵懒，无力。只能自己找一个无人知道的角落，等待死亡。

医生说回去想干嘛就干嘛。

他抽完烟说没事的，第二天就带你浪迹天涯。

你在想，身体什么时候开始变差的？想不出所以然。

有一天你睁开眼睛，仿佛已经睡了好多天，他和女儿都在你身边，你握了握他们的手。

然后你来到一个动物园，有鹿、蛇、鹰、羊、狼、狗、猫、树懒、猩猩、乌龟、蚂蚁、大象。

才发现，这就是一生。

那些曾经的你，都在这儿。

你笑了笑，说：“小鹿啊，麻烦下辈子在我心里待得久一点。”

我最讨厌抠门的人了

门会被抠烂的

我想和你虚度时光

一个人的无聊是寂寞，两个人的无聊是陪伴。我想幸福大概就是和你做无聊的事。

认识 H 先生以前，我的一日三餐全都寄托给了楼下那家王妈餐馆。

偶尔错过饭点，就靠老干妈拌面凑合。

在厨艺方面，我没有任何禀赋。但也从不强求自己去学着做一顿像样的饭菜。对于厨房，我天生有种距离感。

一个人的时候，我的生活很枯燥，大概是因为生活里总少了一丝烟火气。

我不会邀朋友来我家吃饭，我家的厨房基本上是闲置的。有时候我会想，为什么人类的现代文明中，没有自动一体化的食物专门生产机器来代替厨房的存在。厨房真是一个多余的存在！那些婚后照顾全家人饮食起居的家庭主妇该是一种多么无聊的人生啊！我不能想象。

我和 H 先生是在王妈餐馆认识的，因为吃的次数多了，一来二往便也成了饭友。

他和我一样，对吃的东西天生没有作为高等生物的人类该有的挑剔。我们都特别怕麻烦，有吃的就行。别人动手做的，再难吃也行。这一点我们有高度的共识，如果万不得已涉及基本的温饱问题不能依靠外界解决时，我们才会想着自己动手。

价值观的高度契合，让我们一拍即合，不知道从什么时候开始，我们已经成了无话不谈的好朋友。

可楼下的王妈有一段时间关门了。据说是要照顾坐月子的女儿，腾不出人手，于是索性关门一个月。

那段时间，对我和 H 先生来说简直是一种煎熬。吃饭本身是一件大事，而吃什么、去哪儿吃更像是一道世纪难题困扰着我们。

我们尝试了附近几家别的饭店，都因为各种原因不能成为我们长期的饭点。后来才知道，其实主要因素是习惯，并

不是别的饭店真的不好吃。

那几天，我无比怀念王妈家的清蒸鳜鱼。有一次吃饭，我一不小心把我朝思暮想、魂牵梦绕的口水之情流露出来。于是和H先生有了大胆的尝试。

H先生提议，干脆我们打电话给王妈，让她指导我们做一次吧。

做饭真是件无聊的事，但是想着能和H先生一起做饭，却又莫名有种难以言表的喜悦之情。就这样，我在迟疑又高兴的复杂情绪中答应了H先生的建议。

我无法想象自己笨手笨脚拿着锅铲瓢碗折腾食物的模样，也无法想象和我一样对厨艺一窍不通的H先生会怎么处理接下来的一切。

可是我现在可以百分之百确定，我和H先生能走到一起，那顿饭菜发挥了决定性的作用！大概就是那天，看着H先生处理鳜鱼的认真模样，突然感觉自己不可自拔地爱上了他。

突然希望自己接下来的人生每一天都有他的参与，不想错过一分一秒。

当我们把做好的清蒸鳜鱼放在餐桌上时，那一刻，我觉得我要爱上做饭了，余生都想用幸福填满他的胃，还想和他一起做更多比做饭还无聊一百倍的事情。

哪怕我躺在他身上，让他温柔地帮我掏耳朵，又或者我

们一起窝在沙发上玩手游，一句话也不说，只为了消磨时光。

那顿饭我们从早忙到晚，买菜，备料，洗菜，切鱼，所有细思极恐的细节，我以前觉得麻烦得无法想象，但那天却觉得每一分每一秒都很可贵。

也许，幸福就是有一个人陪你一起无聊，那些看起来无聊的事情，因为和你一起，好像变得特别有意义。

李元胜有一首诗叫《我想和你虚度时光》：

我想和你虚度时光，比如低头看鱼
比如把茶杯留在桌子上，离开
浪费它们好看的阴影
我还想连落日一起浪费，比如散步
一直消磨到星光满天
我还要浪费风起的时候
坐在走廊发呆，直到你眼中乌云
全部被吹到窗外
……

一个人的无聊是寂寞，两个人的无聊是陪伴。我想幸福大概就是和你做无聊的事。

感谢遇见你，我的 H 先生。

如果你的男朋友老是不回你信息

先不要急着吵架
安静下来，心平气和地想一下
自己到底有没有男朋友

可以不爱，但请你善良

你要的不是我，而是一种虚荣，有人疼才显得多么出众。

大熊曾经做过一件傻事：大学时他喜欢上了隔壁外语系的一个女孩子。

用他的话来说，就是“刹那间遇见了爱情，并且无可救药。”

他的女神，身材高挑、长相清秀、会舞蹈、会很多种乐器，算是外语系的名人，追她的男生也不在少数。

初恋懵懂的大熊，只要一有时间，就去外语楼蹲点，守

候她上下课；给她送花、送早餐；给她买各种他觉得女孩子会喜欢的玩意儿。

但是，女神没有答应他，也没有明确拒绝他，偶尔在微信跟他聊聊天，也是“看心情”，有时幽默主动，有时爱搭不理。

大熊十分苦恼，不知道女生到底对他什么想法，但又苦于不敢去问。

那时候 iPhone5S 刚出来，售价五千多，大熊头脑一热，攒了两个多月的生活费，每天出去做兼职，买了一个 5S 送她，想拉近一下彼此的距离。

女神收下了手机，对他的态度也热情了些，但始终没有答应他的追求，只说“做好朋友”。

我们都劝大熊放弃算了，但大熊仍坚持不懈。

直到半年后的光棍节，他再次鼓起勇气向她表白的时候，女生才告诉他：她已经答应了另外一个男生。

大熊一个将近一米八的北方汉子，喝了一斤多白酒，在宿舍放声大哭。

我们也无从安慰他，他追了她那么久，对她那么上心，

本来以为看得到希望，却换来一句“你真的不是我喜欢的类型”。

那种真心被践踏的感觉，经历过的人才会懂。

其实，爱情这东西，不能勉强，面对追求者，当然每个人都有答应或者不答应的权利。

但是，一边心安理得享受着别人的好，吊着别人一颗真心，一边计划着寻找自己的真爱。

这种方式，真的不可取。

后来再也没有人提起过女神小姐姐，直到前几天和大熊一起吃宵夜，聊起往事，他才坦白：

当时就是被荷尔蒙蒙蔽了双眼，她同时吊着那么多个男生，我竟然没看出来，还像个傻逼一样每天等她下课。

《天后》里有一句歌词：

你要的不是我，而是一种虚荣，有人疼才显得多么出众。

坦白说，被人喜欢是一种骄傲，对很多人而言，哪怕明明不喜欢某个追求者，也很享受那种被追求的感觉。

因为人对于爱这种东西，是没有办法厌恶的，被爱是一种骄傲的资本，也是魅力的象征。

这种心理，在男性身上更加明显，不信你们看，很多男生，

都不会非常果断地拒绝一个喜欢自己的女孩子。

高中时，也有个女生死心塌地喜欢我（没吹牛，西哥还是有点魅力的），但当时我喜欢另一个女生。

我明知没有任何跟她在一起的可能性，但我没有拒绝她的追求。

甚至，每次看到她的时候，我心底都有点小激动：啊，这个女生喜欢我，她真有眼光，我真有魅力。

现在想起来，十几岁真是幼稚，也很渣。（你们会原谅我吗？）

爱情里，先爱上的那个人固然是要倒霉的。

被爱的都是大爷。

但是，被爱的的大爷们，真的不要肆无忌惮地去挥霍别人对你的爱，一边心安理得地享受着别人的好，一边在心底嫌弃：这个人真的不是我的理想型。

不要做爱情里的渣男渣女。要知道，*ta* 对你执迷不悟，也只是被爱情蒙蔽了双眼而已，迟早有一天，*ta* 会幡然醒悟：原来他当时只是享受我的追求而已，原来我真的爱错了人。

而你，爱上一个人的时候，也不要无底线地去追求。

因为真正的爱情，都不是死缠烂打追来的，而是两个人相互吸引，才能走到一起。

希望你们都能被喜欢的那个人追。

他只不过是给了你几颗糖

你就交出了你的一颗心
还有无数个失眠的夜

同居前一定要注意的事

打败爱情的，并不是生命里的大风大浪，而是感情中、生活里，一点一点的小细节积攒的矛盾和失望。

情侣同居的结果会是什么？

生活习惯更契合，感情更稳定，确定彼此就是自己想要过一生的人。

还有一种结果就是：分道扬镳。

同居会导致分手，你们相信么？

读者可可一个月前跟男朋友同居了，遗憾的是，同居的

生活仅维持了一个月，就以分手告终，原因是：两个人都觉得彼此根本不是恋爱时的样子。

住在同一个屋檐下，看到彼此私下里不修边幅的样子，心理阴影面积简直不要太大。

可可是个比较随意的姑娘，一周才收拾一次房间，平时习惯把衣服随意扔；有时候上班太着急，化妆台上的护肤品和化妆品也一团乱；书桌上也比较乱，堆着零食、电脑和常看的杂志。

而男朋友则是个有轻微收纳癖的人，喜欢什么东西都收纳得整整齐齐，见不得有一处不规整。

住在一起的第一周，两人就因此吵了三次。

起初，男朋友会跟在她后面收拾，可可也会迁就着男朋友，注意收拾，但是，这么多年的生活习惯一下子根本该不过来。男朋友替她收拾的次数多了，也会生气，她被男朋友说，也觉得不耐烦，战争往往一触即发。

诸如此类的小矛盾还有很多：

可可是个典型的成都女孩，无辣不欢，什么菜里面都喜欢放点辣，而男朋友却是一点辣都不能粘；

可可不喜欢别人穿着袜子上床睡觉，男朋友却喜欢冬天

穿着袜子窝在被窝里；

可可以前以为男朋友是个有耐心没脾气的人，住在一个屋檐下才发现，他也喜欢发脾气；

男朋友也说，本以为可可是个开朗正能量的女孩，想不到她一到晚上就晚睡、失眠、负能量爆棚……

同居三个月，比之前谈两年恋爱吵的架还多，两人彻夜长谈之后，终于决定分手。

同样因住在一起而分手的，还有李敖和胡因梦。

他们的故事很经典：一个是才子一个是佳人，爱情来的时候轰轰烈烈，爱情走的时候也留不住。

李敖爱上有“台湾第一美女”之称的胡因梦，第一次见面，他就果断和当时的女友分手，对胡因梦展开了激烈的追求。

而后两人结婚，但不到三个月便结束了婚姻。

关于离婚的原因，李敖在一次记者招待会上这样解释：“我是个完美主义者，有一天，我无意间推开卫生间的门，见她蹲在马桶上因便秘而憋得满脸通红，实在太不堪了。”

后来，记者跟胡因梦提起这件事，胡因梦苦笑：“同一个屋檐下，是没有真正的美人的。”

李敖是不是渣男我们且不讨论，我只想说：同一个屋檐

下，没有真正完美的人。

当你决定跟你爱的人同居，真正走进 TA 的生活，你就要做好接受 TA 的缺点的准备。TA 邋遢或者洁癖，喜欢重口味或养生餐，房间整洁或者凌乱不堪，都是你必须要接受的。

如果没有做好接受和磨合的心理准备，就不要开始同居。因为大多数时候，打败爱情的，并不是生命里的大风大浪，而是感情中、生活里，一点一点的小细节积攒的矛盾和失望。

同居，从本质上来说，就是试婚。一段感情最终的归宿，无外乎是结伴一起，走进婚姻。

如果真的爱一个人，想跟 TA 一次走过余生，就多用点耐心去磨合、去接受，一起由 0.5+0.5，变成一个完整的 1。

希望袋西的小仙女都能遇到那个最合适的人，少点磨合与波折，开心幸福。

他们说人山人海，边走边爱；
可人海茫茫，我只想与你相爱。
不要未来，只要你来。

因为是你，
爱慕未停

愿你出现的时候，你的心上人心上也恰好被敲了一下。

如果你看到他会心跳加速
不自觉地微笑

答应我

排除万难也要把他睡了

好的爱情就是两个人一起变胖

当你找到一个对的人，无论胖瘦都不会那么在意，因为你知道他不会在意那些。

我发现橙子又胖了。

是的，又胖了。他勇敢地突破了150斤的大关，后脑勺都胖出了一个深深的褶皱。

我以为“赘肉从衬衫缝隙里泄出来”是三十岁过后的事，但他现在才二十出头，肚子的弧度基本已经和鼻尖齐平了。

于是我阴阳怪气地说了声：“某些人也不知道天天在哪儿偷吃，都快胖成村头翠花家养的宁乡花猪了。”

他斜眼说："昨天是谁哭着说去年的裙子穿不下了？是谁！"

好吧，我投降。

这段时间加班比较多，经常晚上八九点才能回家。

他不放心我走夜路，每天都会提前在我单位楼下等我下班。

因为住在大学城旁边，回家的路上，我们会经过一条长长的夜宵街。

你知道，人在深夜的时候抵抗力特别差。

所以，我们几乎没有一次能空手从那里通过。

一般都是先从街口开始，来一盒香辣小土豆、两串烤面筋。

走到半路再要一份蒜香凉面，还有那炖到入口即化的卤鸡爪。

然后再不知足地买杯超高热量的珍珠奶茶，"咕噜噜"吸一路。

两个人提几个软塌塌的零食袋子，小吃们抓紧冒热气，我每吃一口，也要喂他一勺，一路开始各种瞎扯，从富士山会不会火山爆发，说到新的苹果手机要出了，是不是可以存钱买个上一代苹果手机了。

总之，日积月累，积少成多，防不胜防，两个人都狠狠

地胖了一圈。

果然，恋爱就是会让人发胖。

朱茵说：“如果照镜子的时候，觉得自己越来越美了，就是找对了，而错了就要放手。”而我觉得，爱对了一个人之后是会变胖的，就是白白胖胖的那种。

一个幸福的人，的确是容易胖的。

当你找到一个对的人，无论胖瘦都不会那么在意，因为你知道他不会在意那些。

因为恋爱的时候，你就是对方的掌上明“猪”。

好吃的东西都给你吃，好玩的东西都给你玩，做你肚子里的小蛔虫，你想什么，他就知道什么。

你愿意给他做你的爱心早餐，你愿意等他回家吃饭，你愿意等他有时间的时候带你兜风、逛街、看电影，你愿意容忍他所有的坏习惯，你愿意忍受他晚上打鼾磨牙说梦话。他也不想离开你，更加想拥有你。

他愿意吃你煎煳的炒蛋、吃剩的排骨汤，他愿意下班早点回家因为你在等，他愿意尽他所能地抽出时间陪你兜风、逛街、看电影，他愿意容忍你所有的小脾气，他愿意满身肉肉的你把他的胳膊压麻，他愿意被宠溺惯了的你偶尔盖好被

子说着温柔的话。

这样一段浓情蜜意的相处，是会让人忘了很多莫须有的尘世规则，比如对身材的无端苛刻。

真好。

祝所有不敢在十点钟后吃夜宵的姑娘，遇见那种庸俗而开心的、可以大大方方发胖的恋爱。

你凭什么说我胖了

你请我吃过什么

恋爱这件事，你不主动就我来主动

我从来没有向喜欢的男生表白过。因为在我看来，在很多事情上他拒绝了我，就是拒绝了我的喜欢。

1

我们一行人坐在街边的巷子撸串，街道的那头有个流浪歌手，在深情地唱着张学友的《情书》，音色低沉，很有磁性。

当唱到“你恨自己是个怕孤独的人，偏偏又爱上自由自私的灵魂……”时，我朝你偷偷瞄了一眼，眼里心里都是你。

我半开玩笑地对你说：“张学友下个月会来这儿开演唱

会，我们一起去看吧。”

你拿起手边的酒杯，冷冷地回应我：“不了，可能没时间。”

你一定是发现我喜欢你了吧，不然你怎么会想都没想就说了不。

2

我无意间看到朋友圈分享，你们写字楼的旁边新开了一家日式料理店。

想起你以前说过爱吃拉面，我心里贼笑，简直天赐良机啊！老天都在帮我。

我胡乱编了个理由，说朋友送了我两张新用户体验的折扣券，请你一起吃。

可是，平日里对吃毫无原则的你，说了句：“我已经吃过了。”

吃过了就不可以再吃了吗？况且我请你吃还不用花钱呢。

我想，你一定是不喜欢我的，不然连拒绝我的理由都不费心想。

3

朋友说，两个人感情升温，气氛很重要。我绞尽脑汁想

了各种可行的办法，最后觉得还是假装电脑坏了这件事最靠谱。

一想到你会来我的小窝，我拿起茶杯往我笔记本上浇水的时候，眼睛都没眨一下。

你不知道，你答应我来的时候，我把家里的灯泡都换成红色的暗光灯了。

可是我一开门，看到你把你同事也带过来了。

你一定是不喜欢我的，才不想和我有单独相处的机会。

可是，我连内衣都买好了呢。

4

你生日的时候，我说要叫上好朋友，为你举办个生日趴。

你马上摇头就说："别让朋友误会了，这种事情你自己弄就好。"

我其实挺难受的，你不知道我每次假装是漫不经心地邀请，其实我内心戏演了不止一千遍。

其实你是想让我知道，我和你感情没那么深吧，让我别对你太好。

可是我也不是随随便便就对别人这么好的啊！

5

顾城有首诗叫《门前》：

我多么希望，有一个门口
早晨，阳光照在草上
我们站着
扶着自己的门扇
门很低，但太阳是明亮的
草在结它的种子
风在摇它的叶子
我们站着，不说话
就十分美好……

我看着觉得特别美好，脑海里幻想了无数遍我们在一起的样子。

我鼓起勇气发给你看，你说：“不懂，留着以后你和你男朋友看吧。”

为什么连暧昧的机会都不给我，非要把朋友的界限划分得那么清晰？

你真是好男人，不会随便利用我对你的喜欢来占我的便宜。

可是你不喜欢我。

6

茨威格的《一个陌生女人的来信》里，讲述了一个女人穷极一生，制造各种偶遇，为的就是唤起爱慕的作家对她的回忆。可到了生命的最后时刻，女人才向一名著名作家坦露了自己绝望的爱慕之情。

莫泊桑的文章《修软垫椅的女人》里，诉说了一个修软垫椅的女人，在生命垂死之际，向一位医生讲述她一辈子卑微地暗恋一个男人的故事。

你看啊，那些对爱执着的女人都没有什么好下场。

你拒绝了我所有的主动，就是拒绝了我的喜欢。

所以我要放弃你了。

如何让喜欢的人主动联系你

欠钱不还

| 04 |

你不用变成别人喜欢的那种人

能做个高情商的姑娘，也能成为打不死的混世魔王

希望每个小仙女面对爱情时果断一点，什么牵制你，你就放弃什么。

两年前我失恋的时候简直要死要活，整天胡思乱想，整宿睡不着觉。

某天午夜两点躺在沙发上，看到电视上正播放男女主滚床单的镜头，脑袋里突然冒出一个想法：

或许当你为别人失眠时，他正和别人做爱呢。

前阵子因为工作原因打算换掉用了四五年的微信号，有点纠结和不舍。

后来一想，平时闲聊的几个好友都转移到了新微信，我不卖面膜，不卖鞋，也不集赞，失去其他一千来个点赞之交会影响我的生活吗？

不会。那就让他滚。

如果你因为某件事或者某些感情问题而纠结，就往最坏的方向想，灌自己一碗毒鸡汤。

遇到现在的男朋友之前，小青姑娘还谈过一场纠结的恋爱。

男方家境没小青姑娘好，大学毕业后去南方大城市工作，小青姑娘也陪着他。

工作之后矛盾更加凸显，刚毕业条件不好，住着十几平方米不透光的小房子，上班只能挤公交车。

小青姑娘本来信心满满，要陪他吃苦，但男朋友的表现让她失望。

她不论多晚回家都会坚持学英语、看专业书，提升自己，而男朋友只会打游戏。她积极拓展人脉，而男朋友只会死宅。

出去应酬吃个饭他还会怀疑她是不是傍了大款。

两年以后小青姑娘已经是公司骨干，而男朋友换了两次工作，能力没提升，工资也没涨。

两人矛盾不断，小青姑娘失望至极，想离开他，但想到在一起多年的感情，还有男朋友现在的状态，又舍不得。

几度分分合合之后，她状态不好，甚至影响了工作。

女上司劝她："想想最坏的结果，你离开他，然后失去一个曾经爱过的人，你会痛苦。但几次分分合合，你已经体验过几次分手的痛苦了，再多一次又能怎么样呢？"

小青姑娘果断地和他分手，搬出了他们一起租的房子。

往最坏的地方想，或许可以做出最好的选择。

我表弟高三那年跟一个学霸谈恋爱，在伟大爱情的驱使下，他整个高三下学期悬梁刺股，拼命学习，想跟学霸女友考同一所大学。

最后他考了四百分，而女朋友考上了本省最好的大学。

十七岁的表弟面临着人生第一次重大选择，要不要复读考个好点的大学。

不复读怕将来配不上学历高的女朋友；复读了怕一年疏于联系，感情会变淡。

表弟一连好几天为爱伤神，情绪低落。

姨父劝他："你想想，按最坏的结果算，你不复读将可能会因为收入和社会地位差距失去她，复读了会因为感情变淡失去她。

"反正会失去她，不如复读，自己还能考个好点的大学。再说复读就一年的时间，你们也不一定会分手啊。"

可怜天下父母心，姨父这话虽然扎心，但好歹算把犹豫的表弟劝去复读了。

后来学霸姑娘果然在大学里爱上别人了，不过表弟考上了一所比学霸姑娘更好的大学，他的人生由此改变了。

以后再遇上好姑娘，他起码不会因为自卑而握不住她。

往最坏的地方想，其实就是在你最难抉择时为自己找一个借口，下一个决心罢了。

我们总会面临很多选择，会犹豫、纠结和困惑，或许想一下最坏的结果是什么，能不能承受这种坏结果，就会豁然开朗。

爱情里更是如此，放弃一个人的时候会很难，可能要纠结万般，但你想想：

也许你为他失眠时，他正和别人做爱呢！

也许你舍不得放弃他时，他早就忍你很久了呢！

他不关心你的心情和生活，说不定他只关心和你上床呢！

他对你日渐冷淡，说不定他从来就没爱过你呢！

……

算了，不扎你们的心了。

做最坏的打算，抱最好的希望。

希望每个小仙女面对爱情时果断一点，什么牵制你，你就放弃什么。

愿你有强大的心理。

能追求纯粹的美好，也能舍弃过时的残留；

能做出果断的选择，也能承受最坏的结果；

能做个高情商的姑娘，也能成为打不死的混世魔王。

我曾经是个胖子，后来坚持锻炼

终于成功变成一个扎实的胖子

梦想才是人一辈子的春药

梦想带来改变，而我们无法改变世界，所以只能加倍努力地改变自己。

“梦想，才是人一辈子的春药。”

这是詹天狗甘当一条咸鱼却被现实狠狠打脸之后说出的“名言”。

一年多以前，她在一家小公司上班，每个月清闲地拿着几千块的工资，每天“混吃等死”。

她世界的中心就是男朋友，最大的愿望是早点嫁给他，

做个不用上班的家庭主妇。

但事实并没有如她所愿，先是男朋友被发现劈腿，她的世界仿佛塌了。

而接踵而来的是，公司裁员，她赫然在名单之例。

失恋又失业，那段时间她每天躺在出租房的床上，哭，哭累了睡，饿极了吃泡面。

直到某天，她在朋友圈看到大学的室友晒读研时出国交流的照片，才恍然看到，自己和别人的差距，已经很远很远了。

她曾经也想读研，但那时一心想和男朋友同时工作，就没有参加考试。

她下定决心开始考研。

虽然已经毕业两年，但梦想总是要有的，她说：

“我真的不想再做一条咸鱼，现实打脸太痛了。”

她找了一份网上兼职的工作养活自己，每天做半天兼职，剩下的时间全部都用来复习。

她关了朋友圈，不再刷微博，停止了大部分娱乐活动，推掉了大部分朋友聚会，每天窝在自己的小房间里，看书复习。

失恋的时光也分外难熬，每天一趟在床上就想起和前任在一起的时间，想到失眠，被失眠折磨时，她就起来背英语单词。

“边哭边背，如果身边有人，一定会觉得我是疯子。”

她闭关了大半年，考研成绩出来的时候，她哭得不能自已，她终于不再是一条咸鱼，不再是男朋友身上的附庸。

她是一个开始靠坚持和努力实现梦想的人。

梦想到底是什么呢?

“我觉得梦想并非要做出多大成就，敢于突破现状，去改变自己，过自己想要的生活，就是最大的梦想吧。”

去年，我认识杨羊羊的时候，她还在家乡的小县城做一个朝九晚五的公务员，工资2000还要扣掉五险。

杨羊羊是个典型的文艺青年，一直梦想着“以梦为马随处可栖”的生活。

但现实是，她生活在那个10万人的小县城里，每天坐在一张1平方的办公桌前，看报上网，二十来岁就遥望到了很久之后的老年。

她想改变这种生活，但终究少了一分勇气，改变自己安稳的现状。

直到父母开始张罗着给她相亲，她才开始意识到：

如果现在还不走出去，自己就要一辈子被困在这个小县城里，相夫教子过一生。

她和朋友彻夜长谈，在闺蜜的鼓励下，终于决定改变现在的生活。

任何的梦想都要以物质为前提，她并没有一时冲动就拖着行李箱就去“浪迹天涯”。

那是傻，不是梦想。

她开始利用每天大量的空闲时间，给别人写稿、画插画，下班之后去培训机构上课，一点一点地存钱。

存了大半年之后，再加上自己全部的积蓄，她不顾家人的强烈反对，跑到某个古镇开了一家酒吧。

现在，她当了快大半年的老板娘了，工作比之前辛苦好几倍，但跟她聊起这些的时候，她还是很开心：

“这就是我理想的生活啦，在这里浪够了就去另一个地方，一边走一边挣钱，一边写游记，简直不能太满足了。”

梦想带来改变，而我们无法改变世界，所以只能加倍努力地改变自己。

我没有以梦为马的大梦想，我的梦想很庸俗，我只想在这高楼林立的都市里，有一个属于自己的窝。

当初毕业来到这座城市的时候，为房子受过不少委屈。

曾懵懵懂懂被房产中介骗过，在退租时为了一点点压金

和房东吵得不可开交，也在大夏天 40 多度的天气里自己搭公交往返把家从城市的一段搬到另一端。

所以我想有个属于自己的房子，不用再做个总是搬家的流浪者。

都说这个时代房子太贵，工资上涨的速度赶不上房价上涨的速度。

我知道现实残酷，我不需要买大房子，一个 30 平的小窝都能让我很满足。

毕业后的这三年，我努力工作，存着每一分钱，就是想给自己买一个家。

而在毕业第四年的时候，我终于快有一个属于自己的小房子。

虽然它小得不能再小，但我也算有了自己的房子啊。

梦想不就是这样吗？一步一步来，总会实现的。

体会过梦想路上的苦，也尝过了实现梦想的甜。

我觉得梦想更多的时候，是给我一种精神力量。

即使有时候真的艰难，想想自己前方还有个梦想在等自己去实现，就找到一些力量，就看你有没有决心，敢去做梦，敢去完成。

毕竟梦想，才是一辈子的春药。

女孩子不用为爱情发愁

只要知道体重越来越轻
钱包越来越鼓
越来越快乐就好了

你是我没有删掉也不想联系的人

女人之间的友谊就像塑料花，虽然虚假，但是永不凋谢。

在教授变成“叫兽”的今天，“闺密”也不是什么用来夸人的好词。

在大部分人眼里，女性的友谊都是“塑料花”。

不怪各位有这么偏激的思想，毕竟深受广大人民喜爱的娱乐活动——电视，它就是这么演的。

《我的前半生》里，女主角告诉我们如何甩掉自己老公、抢到闺密的高富帅男友。

《克拉恋人》里，白莲花小姐姐教你如何成为高段位的绿茶婊。

还有电视剧里的角色被闺密的男友强暴，连《回家的诱惑》都是被闺密抢的男友，然后流产，整容。

这年头，电视剧里的女主要是没被闺密抢过男人，你都没有资格说自己是热播电视剧。

我想问问编剧，你们都以为我们女生是智障吗？这么喜欢和抢自己男人的人交朋友是吗？

知乎上有一个问答："为什么女生之间的友谊难以维系？"

高票答案说：因为女生是把友情当作爱情来看待的。

这句话说得太有道理了。

想当年要是我闺密跟别人约着一起课间去上厕所，放学约着一起回家，课后还约着一起写作业的话，我就会有一种被绿帽从头盖到脚的感觉，要知道这四舍五入就是捉奸在床啊。

不行了，一定要绝交了。

当然，我和我闺密没有绝交成功，毕竟浪子回头金不换嘛。

你看那些原配不也是原谅那些老是在外鬼混的老公了吗?

至于那个介入我和我闺密的那个人，我对她的恨意绝对不亚于那些原配对小三的，老子我见她一次打她一次，就像原配打小三那样打。

所以，不仅是三个人的爱情太拥挤，连友情都容不下第三者。

说起我跟我闺密的革命友谊，始于我俩光屁股那阵。

从小到大我俩就是邻居，从幼儿园到高中都是校友，还当过好几年的同桌。

你们也知道，我这人的性格有点丧，上高三的时候由于本来成绩就不好，基本已经处于半放弃状态。

结果我这闺密，在寒假的时候，天天清早起来敲我们家房门叫我起来背文言文。第一次看见她出现在我家门外的时候我整个人都是蒙的。现在才六点啊！大姐！这还不算完，背完文言文，还有英语单词在等我。背完单词，她还要盯着我把数学试卷做完。毕竟人家是学霸，时间多得是。

晚上还得在我家蹭顿晚餐，顺便监督一下我的理综学习进程。

于是在她的努力之下，我考上了心仪的大学（就不告诉

你们是什么大学）。

后来上大学了，我留在本地，她去了外地，我们俩是两天一通电话，五天一次视频，周末还要带上其他小姐妹开群聊。

所以，你们问，要是以后我闺密跟我抢男人怎么办?

当然是选择原谅她啊！还能怎么办，然后回头就叫人把那男的腿打断。

可能看多了娱乐圈闺密间的撕。

也看透了芭莎慈善夜里女明星之间的虚假友谊。

所以总有人说，这男女之间不存在纯友谊，女人之间不存在友谊。

前半句我倒是挺认可的，但是后半句我不同意。

怎么着，合着女人根本没朋友啊？！

我告诉你，女人之间是有友谊的，也没有你们想象描写得那么脆弱。

我们不会因为她长得比我好看就明里暗里挤对她。

更不会因为一个男人就友谊破碎，从此老死不相往来。

相反，我们巴不得有男朋友的早日结婚，没男朋友的早日暴富。

就跟你们男人对兄弟的美好祝愿是一样的。

不要再说我们女人一门心思抢闺密的男友了，未必你们男人一天到晚就没想过给兄弟戴绿帽啊！

如果我没有回你信息

为什么不试试发个红包呢

在吗？不在

那些问在不在的人，十有八九都是平时不联系，一有事情才来麻烦你的人！

在吗？

我在上班的时候微信收到这样一条信息，对方是我之前活动认识的人，准确来说只是有一面之缘的陌生人。

正好那会儿手头的工作比较多，我停顿了一会儿，把手机放到一旁。

结果过了一会儿，对方又发了个“在吗”。

我看着手机准备等他把接下来的事情说完，然而信息戛

然而止，我把手机又扔到了一旁。

结果过了 10 分钟，对方直接弹了一个视频过来。

这个举动瞬间令我有些反感。天！大哥，我和你很熟吗？这真的已经超过两个不熟悉的人的交往界限了！我压制住内心的怒火，直接按了拒绝。

但出于礼貌，我还是回了一条信息给他："有什么事就直说吧，我在工作。"

我真的很不喜欢别人一直"在吗在吗在吗"的交流方式，我又没死，我肯定在啊！

有事说事不是挺好吗，毕竟看到问题我才能决定我给你什么反馈啊，万一你找我借钱呢？

与那些打招呼只说"在吗""在吗""在不在"的人交流，效率低得真是令人崩溃。

知乎上有个匿名用户发帖说，她有一种"在吗"恐惧症。

有朋友周一问："在吗？"

我周一晚上答："在的，怎么啦？"

他周二早上说："刚看到，现在在吗？问你个事情。"

我周二晚上答："在的，你问吧。"

他周三下午说："还在不？"

我周三晚上答："在，我一般晚上上 QQ，你有事时我不

在线，你就直接留言，我看到就回复。”

他周四上午说：“好吧，就是想问问，上次见你的时候的口红是什么色号来着？”

用了几天的时间，只是问一只口红的色号。

你一定要确定对方在线后，才肯展开正式的谈话吗？

你这是把微信和 QQ 当成电话了啊，一定要实时沟通才能解决你的问题啊！

大家平时这么忙，有事就说事，沟通效率高一点不好吗？

我又不是你的男朋友或女朋友，凭什么要对你一点没有营养的“在吗”做到秒回啊！？

你一口一个“在吗”“在吗”，又不说重点，你还真当我是 Siri 啊！

而且我相信大多数人和我一样，看了无关痛痒的消息后，很有可能在意念中就已经回复你了。

所以，有话直说，并且说重点，不耽误大家的时间我们还可以做朋友！

但，根据我以往的经验，那些问在不在的人，十有八九都是平时不联系，一有事情才来麻烦你的人！

好朋友间根本不会问在不在，身边的朋友有事的时候，可能就一句，“晚上撸串来不来？”

领导让你做事，也会是直接下达命令，“这件事你去处理一下！”

所以那些有事找我帮忙的陌生人，麻烦你一次性把话说完好吗？也算是在给我一个时间去权衡。

因为我实在是害怕，我说在的时候，万一你被盗号了怎么办呢？万一你要向我借钱怎么办呢？万一你找我代购怎么办呢？

可我说不在的时候，万一你是请我吃饭呢？万一你是和我谈几个亿的项目呢？

所以，你不要问我在不在，我现在就告诉你答案！

请我吃饭，我在！

约我去玩，我在！

去看电影，我在！

借钱，不在！

要我帮忙，不在！

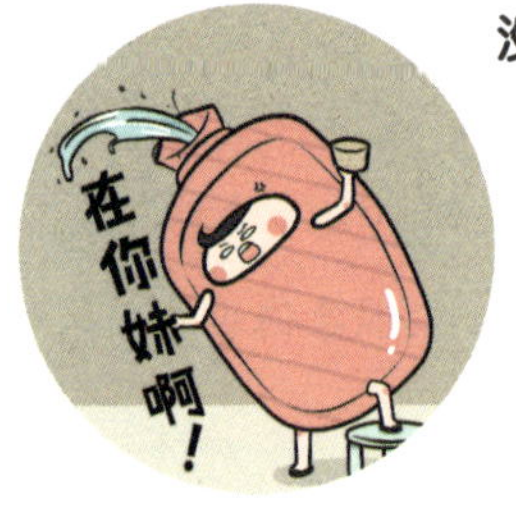

没有什么事是一个红包解决不了的

如果有
那就发两个

教你如何查看朋友圈访客

♡ 有时候分分合合，却发现原来的才是最好的。

昨晚损友给我发消息：现在可以查看朋友圈访客了，你想试试看吗？

她发过来一条链接，提示我输入微信 ID，就能知道哪些人曾翻看过我的朋友圈。

我刚输入一个 ID 就立刻收到她的消息：果然你还没放下那个人！

我无语，早该知道这是个套路，但我实在太想知道那个人有没有来看过我的朋友圈。

她又开始教训我："不应该啊你！没听说过吗，只要前任再不联系，世界将变成美好的人间……"

"我去你的老死不联系！"

为什么不能联系？我不但要坚持联系，还要跟他上床！

我真的爱惨了我前任，两年前分手的时候，我想如果他真的离开我就完了。

分手没几天我就忍不住给他发微信："我家隔壁老王家那只大黑狗生崽了。"

他回我："又不是我的崽。"

"你以前很喜欢它。"

"对啊，我以前爱过一条狗。"

我后来一直没跟他断了联系，工作忙时一切正常，病发觉得痛苦时就给他发微信。

死党知道我还在不要脸地联系前任，恨铁不成钢想一下子捶醒我："你实在不该跟他联系了！"

"我又没有男朋友，他也是只单身狗，为什么不能联系？我跟他上床都不违反法律道德！再说我又不像对面 ×× 一样知道前任快结婚了还去勾搭他！"

"不要在他身上浪费时间了，你们要是真的适合就不会分手了，你要想想以后，要往前看。"

“联系前任未必就会毁了我以后，我不管以后，我只知道我现在想联系他。他要是好好理我，可以缓解我的痛苦，他要是对我恶语相向，也能让我早点死心放下他，这买卖怎么看都划算！”

或许某一天我就突然想通了，面对他时能心如止水，就算两人盖着同一床被子也能淡定地背英语单词的那种不动心。

前任就非得像死了一样吗？

不！我用力爱过的人，就这么不联系，打死我都不甘心！

分手本来就是一段完整爱情的组成部分，能够走到最后的情侣谁没有分过两次手？

舒淇和冯德伦分分合合十七年才修成正果，不作死折腾几次，哪来那么多懂得珍惜的爱侣？

我们办公室有个女生，跟她男朋友从高二开始恋爱，到现在 8 年，都成了“老夫老妻”。

“竟然能坚持谈 8 年恋爱，真的很不容易啊！”身边总有人感叹。

“没有一帆风顺的，大学时分手了两年，但后来发现还是彼此最合适，就又在一起了。”

对啊，有时候分分合合，却发现原来的才是最好的。

“年少时我以为我会等来一个盖世英雄，没想到我只等来一个盖配我这个歪嘴的壶。

“但这个盖啊，会调皮会掉漆，我不得不丢了它，想找个新的盖，但兜兜转转找了一圈才发现，还是原来那个最适合我。”

所以我恨不得朋友圈立刻能出个查看访客的功能，能让一些分手后偷偷隐藏的情感无处遁形。

还爱就联系啊！人家还没现任就去追啊！

不违背道德不违犯法律，为什么不能联系前任？

去他的好马不吃回头草！

只要前任能相互联系，说不定人类消灭单身狗的事业又会进一大步。

访客里出现了一个久久不能释怀的名字

先不要激动
没准他正牵着新欢说
看，这就是现在还放不下我的傻子

你妈逼你结婚了吗

希望每一个姑娘都能努力奋斗让自己有更多的可能性，去选择自己爱的人和想要的生活。

我有个邻居李阿姨，十年前她常来我家串门儿。

李阿姨每次都是一脸愁容，找我妈聊天的话题永远是女儿愁嫁的问题。她那张忧心忡忡的布满皱纹的脸从她女儿毕业后就越显疲态，每次踏出我家门临走的时候，都不忘回头再三嘱咐我妈，遇到合适的要多帮忙留意。

我那会儿正读初三，好奇心强得连狗都嫌弃，无数个饭后的傍晚，每次都佯装写作业，却把耳朵奉献给了这对中年

妇女的牢骚。

李阿姨的女儿刚刚大学毕业，性格乖戾，不喜言语，上学时成绩平平，毕业后在外工作屡屡碰壁，于是她索性窝在家中，每天看电视剧到深夜，十二点起床。

在街坊邻居比拼着自家儿女闲聊的午后，李阿姨的女儿也总能成为那个“别人家的孩子”，只不过是个反面案例而已。

李阿姨渐渐在人前抬不起头来，但对于为女儿找对象这件事依然从不懈怠。

就这样，为女儿张罗对象这件事倒成了李阿姨退休之后生活的主旋律。

李阿姨在众多女儿的相亲对象中周旋，有时候因为女儿年龄大没工作，遭到别人的拒绝；有时也因为别人没有新房而拒绝别人。

李阿姨的女儿就这样在匆忙的姿态中，挑挑拣拣，兜来兜去，终于在29岁前，找到了结婚对象。

对方32岁，是个宅男，家里安排在国企上班，新房在装修，也还算凑合。

婚礼那天李阿姨满面春风，露出了消失已久的笑容，仿佛一夜之间年轻了10岁。好像结婚的不是她女儿而是她。

而两个新人却在拜堂的时候还皱着眉头，显露出了疲惫而苍老的面相。

像极了夏日里放在冰箱里拿出来后无人问津的黄瓜，因为失去水分而皱皱巴巴。

我置身事外，像一个局外人，观赏了整部闹剧，却第一次对婚姻产生了恐惧！

在我那时的记忆里，结婚这件事就像期末考要拼尽全力拿到双百，高兴的是父母，而不是自己。

等我稍大了一点，看到表哥表姐也被家里催婚训言的时候，我对催婚这件事深恶痛绝。

那时我总觉得是父母那一辈人大多思想陈旧，特别害怕特立独行的生活方式。

他们觉得儿女25岁之前不结婚、30岁之前不生子都是极大的罪过，是在为他们抹黑，让他们在街坊邻居面前抬不起头罢了。

他们从来不会设身处地去考虑我们想要的爱情是什么样子。

在结婚这件事上，他们真是霸道又自私。

而当有一天自己忽然变成二十几岁的单身一族，毕业参加工作后，看着身边的同龄姑娘也面临家里催婚这件事情时，我才明白父母那一辈人的用心良苦。

其实，父母那一辈人一辈子什么荒诞事情没见过？儿女

到了婚龄还不结婚不至于成为他们的心头恨。

他们真正关心的是我们这一代，集宠爱于一身的独生子女在没有父母的日子里，能不能照顾好自己的身体和生活？失意的时候身边有没有知心伴侣帮我们渡过那重重的难关！

但现实是二十几岁的我们，把生活过得多么糟糕！

除了把自己打扮得如花似玉，再没什么拿得出手的技能，单身的屋子乱到无处落脚，连顿像样的饭菜都做不出来。

薪水不高，工作也马马虎虎，交了房租和伙食费剩下的还没撑到月底就紧紧巴巴。

一边回家蹭饭，一边还和闺密抱怨饭桌上父母催婚的紧箍咒。

我细细回想那些因为催婚而觉得自己被冒犯被羞辱的日子，大抵是我过的最穷困潦倒又颓废的日子！

无论是以前为女儿愁嫁的李阿姨，还是那些每天在我们耳边催婚的亲戚朋友，都在侧面说明一个很残酷的问题：

我们的生活看起来并不美好！因此才需要另一半帮我们解围！

我有个表姐读书时期努力上进，大学申请到公费留学，回来后在一家外企领着不错的薪水。

自己买房买车，把生活过得有滋有味。不熟悉的亲戚也

会给表姐介绍对象，而家里人却都尊重表姐自己的想法。

我参加同城读书会的时候也碰到一个自身能力优秀却依旧单身的女性何姑娘。

有一次，读书群里的小伙伴带着疑惑问她，我见过很多大龄未婚的女人，她们很多都为家里催婚这件事愁眉苦脸，你家里人会催婚吗？你怎么不会为这个烦恼呢？

她却笑着说，熟悉她的家人和朋友都不会，而那些不熟悉的才会张罗着要给她介绍对象。

大凡那些能够为事业去努力，有独立坚定性格，懂得享受生活的女孩子，一个人的日子其实并不会过得比两个人差！

对于那些令人深恶痛绝的催婚话题，我想我们大可不必激进地去回应。

我想我们最好的回应态度，就是让自己成为更好的人，用越来越好的生活向别人证明，我有能力去选择自己爱的人！

我不鼓励每个女生都坚强独立，强大到不需要人宠，不需要人疼。

但我希望每一个姑娘都能努力奋斗让自己有更多的可能性，去选择自己爱的人和想要的生活。

希望你们都能找到那个能一直陪你颠沛流离的灵魂伴侣，但这份感情还没出现前，我更希望你们首先成为自己的太阳。

这样的姑娘，最容易错过爱情

愿你们都拥有完美的爱情
而我，拥有钱和易烊千玺

你说话直，我很介意

♡ 你并不高高在上，大家都是普普通通的人，没有谁可以不尊重其他人。

你有没有被领导、长辈等人当面骂过？

你的反应是什么？当场翻脸？

我想你也不敢。

那如果是一个跟你也没什么大交情的人呢？

用了比辱骂稍微委婉了那么一点的词语呢？

按道理来说还是会生气，对吧？

可要是她跟你说：不好意思，我这人就是说话直，你别

介意。

那你这火还能发吗?

我大学的时候就碰到过这种情况。

那时候,我是一个标准的漫画迷,经常省吃俭用地买漫画。

对于一个生活费只有700元的女生来说,我那时候真的算得上是人生艰辛了。

有一次,我买了一套接近200元的漫画全集,正坐在床头看的时候,这位奇葩姐走进来了:“你在看什么,能借我看看吗?”

然后就十分顺手地拿了一本,说道:“这画得都是些什么东西啊,我这个标准日漫迷都看不下去了,亏你还花那么多钱买啊,真是,白送我我都不要。”

我当时恨不得直接和她打上一架。

最后看我脸色实在太差,她才说了一句:“我这人说话直,你别介意啊!”

别介意就来鬼了,可问题是我还真的不能生气,要是我跟她较真,人家一定会说:

“哎呀,不好意思了,你别生气了,怎么这么听不得真话呢?”

好像显得我气度特别小,特别容不下人一样,所以,还

是算了。

事实上，我们周围总有些人喜欢打着类似于“我这人不太会说话”“我这人说话比较直”的旗号，来做一些真的很讨人厌的事。

他们的存在就好像你一进门，就追着你说“哎呀，你这脸上长个痘痘”“我看你年纪轻轻的，怎么就有皱纹了”的化妆品导购员一样，惹人讨厌。

虽然有时候她们说的是事实，但是你就是恨不得一巴掌把她们扇墙上，抠都抠不下来。

我就奇了怪了，既然你明知道你说话不好听，为什么还要这样毫无顾忌，不加修饰地说出来。

所以我有一次特意去网上搜了搜为什么会有这种状况出现。

然后我发现了一篇文章，里面提出一种很有趣的思想，作者说这是因为我们常常被灌输“忠言逆耳”的思想。

所以我们总觉得实话，忠言说出来一定是难听的。

天天说你好话的人，一定就是没安好心。

最后，作者说这是很没有道理的，毕竟作者本人从小到大也是接受了不少真诚的褒奖的。

说得一点没错！

要是按照这个逻辑那些从小到大夸奖我的人都是笑面虎，不怀好意喽。

要真是这样的话，他们这么做到底图什么啊？

未必不是觊觎我的美貌与才华啊。

咱们就承认吧，你的说话直，等同于没素质。

正如知乎上有些人说的：

“‘说话直’这三个字不过是你把伤害他人的行为合理化的一个借口。”

“不顾及对方的感受说出那些不经大脑的话，完全不考虑可能会给对方带来的伤害，恰恰就是你自私和没素质的表现。”

而且他们还提出一个很值得玩味的现象，你要是把这句“我说话直，你别介意”原封不动地送还给那帮自诩为耿直的人，他们反倒会气得跳脚。

这就奇怪了，平时教育大家要“虚心纳谏”，不管多难听的都得受着。

怎么轮到自己身上的时候，就不允许别人说话直了？

这叫作典型的“只许州官放火，不许百姓点灯”。

可问题在于，我们并不是一个“州官”，一个“百姓”。

你并不高高在上，大家都是普普通通的人，没有谁可以不尊重其他人。

而且你以为四海以内皆你妈啊！

我们没有任何必要忍受你的毒舌和不礼貌，听你在那边废话半天，好吗？

正如我先前提到的那篇文章所说：“条条大路通罗马，你为什么非得选择一条最让对方不舒服的路去走？”

所以对于那种自己明知道自己说话难听，还不许人家说，老觉得自己是直率人的，我只想说，除非你是蠢，要不然你总有办法把话说得好听一点。

这么多种说法，你偏偏选了最难听、最让人不舒服的。

我觉得，你是故意的，故意让我不开心。

所以，你问我介不介意？

来，你把你头靠过来一点，你就知道我介不介意了。

我说话很直，你别介意啊

我打人很疼，你也不要介意

三观不合，请选择拉黑

总有一些人，你永远无法取悦他们，也不必取悦。

昨天我的一个土豪朋友请我去新开的一家日式料理店吃晚餐。

其中有一道菜是售价 888RMB 一份的神户牛肉。

作为没见过世面的大土鳖，我很俗气地拍照发了条朋友圈。

并配上文字：“传说中的神户牛肉，口感松软，甜而不腻，谢谢大土豪的盛情招待。”

没过一会儿，就迎来了很多朋友的点赞。

但其中有一条评论，却带着深深的恶意。

“你傻吗？国内根本吃不到正宗的神户牛肉，现在市面上吃的都不是从日本进口的！花这么多钱去吃份假牛肉，有什么值得炫耀的？”

我朋友圈有上千的好友，若不是他今天跑来我的状态下评论，我早已忘了我朋友圈还有这样的傻子！

这也叫炫耀，是别人请我吃，又不是我自己花的钱。而且就算我是炫耀怎么了？我的朋友圈还得按照你的意思发才行？

人有时候真的很庸俗，只接受赞美，不接受批评，奈何我就是这样的俗人。

对不起，你说的可能很有道理，可是我们性格不合，三观不同。再见！

我按了删除好友键，让他的头像永远消失在我的好友列表中！

早上我和朋友聊天，说起这件事，没想到类似的事情她也碰到过。

朋友是一个超级自恋的人，之前总喜欢在朋友圈晒自己的美照，但最近却很长一段时间没有更新状态。

她说，前段时间，她对着视频看了大半天时间，学习化

一个很复古的妆容。

化完妆后心情美美，就在朋友圈晒了一张 360 度无死角的自拍照。

结果有个人就在底下留言说：“没意思，美女都在朋友圈，别用照片欺骗大家了好吗？敢不敢发一张素颜照！”

朋友看了很是恼火，过了几分钟，她就把刚发的朋友圈给删掉了。

我问她：“这样的好友你还留着干吗？”

她说：“当时看了评论我也很生气，但是我又担心其他人会不会和他一样想，于是就把朋友圈给删了，而且删好友这种事太伤感情了。”

我想，这就是语言很神奇的地方，它不仅能牵制你的情绪，还可以让你开始怀疑自己。

删好友是挺伤感情的，可说这种话的人把你当好友了吗？

你晒个美食，他们说你胖！

你发个美美的自拍，就说你是 PS 的。

你和你男朋友拍个合照，秀个恩爱，就有人带着恶意说，秀恩爱，死得快。

你努力加班攒够年假出去旅趟游，又有人跳出来说：“不就旅个游吗，有什么好晒的？”

你不发朋友圈，他们会说你不重情义，不与他们联络。

你发了朋友圈，他们会说，越晒什么越缺什么！

你要伺候好他们的情绪，简直比减掉20斤肉还难！朋友最后选择了不发朋友圈，既然你不爱看，我不发还不行吗?

大概像我朋友这样为别人着想的人太多了，遇到别人的恶意评价，首先做的是开始反思自己！可是你做错了什么呢?你只是没有按照他的意思发他想看的状态。

我听很多朋友都抱怨过，现在朋友圈越玩越没有意思。

因为他们总担心自己的状态影响别人，高兴激动的时候你担心会刺激别人的悲痛，你的伤心难过又怕淹没于别人的欢声笑语之中，你引以为豪的成就又怕在别人眼里显得很low。

于是每次新闻大事后，朋友圈里都是千篇一律的原文转发，唯一不同的是中间夹杂着那几条倔强的微商广告。

可是我们忘了，我们发朋友圈最初的目的是什么?我们是为了记录自己的生活，不是为了取悦别人的！

对于一些玻璃心来说，你吃鲍鱼，他吃草鱼，他都觉得心塞。你坐飞机，他坐火车，他都觉得世界不公平。你永远不知道他们有多敏感，因为对于屎壳郎来说，你拉个屎都是在对着它炫耀啊！

总有一些人，你永远无法取悦他们。

他们像高级评论家一样，对你的生活指指点点。

你无论做什么，他们都可以给你安一个“莫须有”的标签。就像鸡蛋里挑骨头一样，他们无时无刻不拿着放大镜去观察你的生活。

这些人甚至比键盘侠、职业喷还呕心，因为键盘侠、职业喷至少是活跃在网络里，在生活中你们是不认识的，他们对你的影响是微乎其微的，而这些人却实实在在地存在于你的生活之中。

他的一句话，可能会让你像吃了苍蝇一样，恶心一整天。

我可能没有朋友那么大度，对于这些人，我一向都是秉承着眼不见为净的原则，选择删除好友！

你妈没教你怎么说话，我也不想教你！

只求我的生活里不再有你！

对不起，我幸福的样子影响你了。

对不起，我没有按照你的意思发朋友圈。

对不起，再见！

别去劝一个执意要做什么的人

不然他不但不会感谢你
还会以为你要和他抢

你那么懂事，心里一定很苦吧

那些在感情中只管付出、不求回报的傻姑娘。往往都会如愿以偿，得不到任何回报。

你见过最不公平的事是什么？

我见过最不公平的，是熊孩子和好孩子的差别待遇。

在很小的时候，我就意识到了。

好孩子每天在洗碗，有一天没洗，大人就骂他，怎么连碗都不洗了！

而熊孩子每天打破一个碗，有一天没打破，大人就夸他，今天好听话，没打破碗呢！

大人习惯了好孩子听话，所以定义了他就是好孩子，他不可以不听话！

大人也习惯了熊孩子顽皮，所以觉得“他本性就是这样子”，他一听话了你还要感恩戴德了。

发现了吗？会哭的孩子有奶吃，会闹的孩子有人疼。

那我们为什么要做好孩子？做好孩子就是在委屈自己。

有时候，我们活得不痛快，是因为太懂事了。

成熟懂事真的太辛苦了。

做什么都要仔细掂量，生怕惹得谁不高兴了，最后往往是把谁都哄得很好，唯独自己受委屈。

记得小时候有一次，我妈带我和表姐逛街，我遇到一件很喜欢的衣服，穿上就不舍得脱下来。

在试衣间，我偷偷翻了吊牌，价格有点小贵，于是假装出一副“我真的无所谓”的样子，任由妈妈根据价格定夺。

妈妈自然觉得价格贵了，于是我乖乖地尾随妈妈离开，哪怕心里有一百个不情愿。

而姐姐呢，看中一件衣服，就当着营业员的面说“我就要这件”，一副买不到就不走了的架势。

营业员一看她那么喜欢，价格上不肯让步，于是我妈不得不原价帮她买了下来。

看着姐姐欣喜地抱着包装好的新衣服蹦蹦跳跳地出门，

我心里百感交集。

“不懂事”的姐姐得到了心仪的新衣服，而“懂事”的我替妈妈省了钱。

可是只有我自己知道，我根本不想要什么“懂事”，我更想要的是那件新衣服。

也只有我自己知道，善解人意的背后是自卑，怕别人不乐意，所以谨言慎行，小心翼翼，不敢提自己的要求，生怕多说一句别人就不高兴了。

一晃时间过去了，后来经历的事情大多如是：

你越是替别人省心，就越没有人愿意替你费心。

你懂事久了，一切付出都会变成理所当然。

就像那些在感情中只管付出、不求回报的傻姑娘。

往往都会如愿以偿，得不到任何回报。

很久没联系的朋友小茹有一天打电话给我，哭得很伤心，说她失恋了。

男朋友睡了她半年没公开恋情，她包容了；

男朋友和别的女生暧昧不清、纠缠不断，她忍耐了；

男朋友脾气暴躁，没有耐心，从没送过她礼物，见面连逛街看电影的步骤都省掉，直接开房打炮。

有一次，他室友出去旅游，他为了省钱，居然让小茹到他宿舍。

对于这样让人愤然的要求，小茹不敢当面反抗一句。

最后，他对小茹说：“对不起，我爱的还是我的前女友。”小茹被甩了，还忍着泪假装大度，未出一句恶言。

大家都是一个圈子里的熟人，后来大家调侃他和那个女生秀恩爱撒狗粮，小茹还要配合着干笑几声。

那个渣男有一次喝醉了良心发现，在微信上给她道歉，小茹打字回复：“没关系，祝你们幸福。”打字的手却在颤抖，滚烫的眼泪打湿了手机屏幕。

小茹哽咽着问我：“是不是我不够大度？是不是我太耿耿于怀了？”

我说：“就你这样还大度，你这叫傻！对于伤害我们的人，我们有权不原谅。”

谁说你说了“对不起”我就一定要回复“没关系”的？凭什么你伤害了我却一笑而过还不让我难过？

最讽刺的是，渣男把你伤得遍体鳞伤，最后还安慰你说：“你是个好女孩。”

这和好女孩最后只得到了一个好字，坏女孩却得到了所有是一个道理。

所以，姑娘，我知道成熟懂事固然是一件好事，成熟懂

事固然讨人欢喜，只是这个世界上除了懂事和成熟，还有两个词叫作“委屈”和“不快乐”。

因为没人会在意你的情绪和脾气，所以你选择自己懂事，因为没人会心疼和保护小小的你，所以你选择自己成熟。

只是你也忘了，太懂事的孩子真的没糖吃。

善解人意的好女孩，明明很想要却还要勉强礼让。

明明很受伤却还要假装原谅，心里滴着血还要故作坚强。

到头来，除了一个“好”，什么也没得到。

越长大越明白，真正的成熟，不是努力讨好所有人，而是不再委屈自己。

比起做别人口中的好女孩，你更应该慢慢学会对自己好。

不再亏待自己，不再用别人的错误惩罚自己，不再为了他人的感受让自己受不必要的委屈。

喜欢的衣服就买给自己，聊不来的人就自动远离，在感情里受了伤就及时抽身……

偶尔自私一点也未尝不可。

愿你能清醒也能醉，能吃糖也会要糖；愿你有高跟鞋也有跑鞋，有人爱也有人宠；愿你永远都不用太成熟懂事，永远都是小女孩。

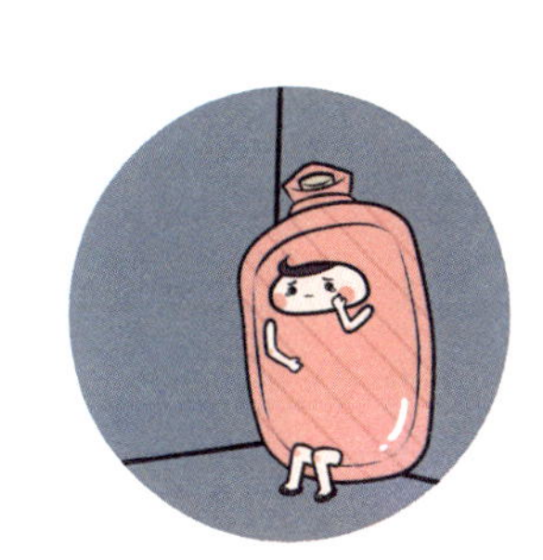

成熟懂事的女孩体重都不轻

因为太多事在心里，不好瘦

三分钟热度，也会有七分钟余温

其实三分钟热度更是一种尝试，通过不断尝试，才有可能找到一直坚持的真爱啊。

詹天狗想学摄影，抱着单反走遍了附近的几座古镇，拍了几张照片，吃遍了古镇的小吃，长胖 5 斤之后，便将单反束之高阁；

张二毛立志学做菜，吃了几天自己做的午饭之后，发现还是外卖比较好吃；

霸王花想学英语，买了一箱口语参考书，在手机里下了 5 个学口语的软件，早起读了几天英文之后，终于卸载口语软

件，重新下载了《王者荣耀》……

他们遭到了袋哥的严厉批评，做什么事都一时兴起，只坚持三分钟，能有什么效果？

只有我知道袋哥也经常三分钟热度，一年前想考研重回校园，半年前曾想学吉他，三个月前立志健身……最后都不了了之。

但三分钟热度真的不好吗？

想到什么就做什么，这也是一种学习欲望的体现啊，总好过对什么都提不起兴趣，完全失去学习的欲望。

一时兴起学摄影，至少能知道光圈、快门是什么；

一时兴起学做菜，至少能知道菜要怎么炒得熟；

一时兴起学英语，至少能记住几个英语单词啊……

我的大学同学粒粒就是个很神奇的人。

她是别人眼里的“江湖百晓生”，天南地北人文地理都懂点，从商海沉浮十几年的超级大客户到楼道里到打扫卫生的阿姨，从弄堂里足不出户的老大妈到旅途中行万里路的驴友，她跟谁都能聊上几句……

最神奇的是，她明明没有美若天仙，追她的男生却排着长队。

比较典型的有某个爱写文章的文艺男青年，因为粒粒跟

他讲陶艺、摄影，还有她出门旅行时在驴友那里听来的天南地北的诗与远方，他简直把粒粒奉为文艺女神和知己。

还有在网上认识的在国外读研的学霸，听粒粒说自己考雅思的种种，两人一拍即合，学霸每天隔着半个地球和 12 小时时差表白粒粒……

包括她现在的男朋友，帅得不行的大学音乐老师，就是当时她一时兴起学钢琴时认识的，音乐男神觉得这姑娘都大学毕业了，还想学弹钢琴，真不错啊！

粒粒之所以这么神奇，因为她真的学过很多东西，大提琴、钢琴、二胡等乐器，销售、会计、雅思等课程，还有日语、韩语、泰语以及陶瓷、国画、手绘甚至心理学……

她总是一时兴起之后便立刻去做，虽然无一例外不能坚持，但很多东西就算不能深入了解，三分钟热度足够学到皮毛，能跟内行人交流讨论，在外行人面前“装”。

我真心羡慕并且佩服粒粒，如果我有她这样的好奇心，总能“一时兴起”去学习新东西，我真的会美滋滋地觉得自己是个“通才”。

其实三分钟热度更是一种尝试，通过不断尝试，才有可能找到一直坚持的真爱啊。

我大学上铺的兄弟，曾也是个一时兴起、人来疯的哥儿们。

准备考研又放弃，学习 UI 设计最后连 PS 技能都不会，

立志写网文结果坚持了不到十天……他只有追妹子能一直坚持下去……

直到后来接触摄影，他信誓旦旦要买相机时，我们笃定他只是一时兴起，劝他不要买个单反放在宿舍积灰。

但没想到，他买了单反，还煞有介事地拜了个师傅，每天抱着相机研究光线构图和角度，一有时间就在外面拍摄或者在图书馆看影集，一个宁愿迟到也不早起的人每天坚持5点起床，只为了拍一张满意的日出……

到毕业时，其他同学还在因论文和工作烦恼，他临时开了个摄影工作室，承接了好几个班毕业照的拍摄，挣了我们好几个月工资……

现在我还在苦苦写文章时，他已经是个旅行摄影师了，在诗与远方的路上做自己喜欢的事。

其实，三分钟热度也是保持对世界的好奇心、尚且能学习的象征，如果在一时兴起的尝试中找到能一直坚持的热爱，那便更加值得。

三分钟热度不能坚持也并不可耻，你做过的任何事情、学过的任何的东西都会在你生命中留下痕迹，只要你开始去尝试，累计很多次“三分钟”，就会有与别人不同的见识。

有时候啊，爱情也是这么误打误撞，或许他爱上你，正是因为你一时兴起的“三分钟”。

我减肥三分钟热度，
学习三分钟热度，
做什么都三分钟热度

但对你不是三分钟热度

我努力赚钱不就是用来花的吗

“为什么要压抑自己的天性？”

我的身边有一位从生理到心理都极其冷淡的妹子。我与她第一次见面是在楼下夜宵摊子上，就是那种每个人撑死都不可能吃超过 100 块的苍蝇馆子。

她穿着一身无印良品，从头到脚都透着一股性冷淡的味。坐在那里，一筷子都没动，只喝白开水。

问原因，答：

“我觉得这类食物油脂过多，会对身体产生很大的负担，我陪你们聊天就好啦。”

哦，注意健康，是好事，所以我们几个饿死鬼在旁边也就没多说了。

我想大家都了解，女生出来玩是有固定项目的，大致就是：逛街，看电影，吃。

以上项目可以任意取舍，无限叠加，也可以随意组合。

像我出来玩的流程就是：吃逛吃。所以那天我们一行人吃饱喝足之后，决定去王府井那边逛逛。

然后这位美少女逛着逛着就说：

“我觉得你们一定要学会压制住自己的购物欲望，学会断舍离。”

我为什么觉得这种话从头到脚都透着一股传教的味道？

“你想想看你们的衣柜里有多少没有用过的，没有穿过的衣服。”

我觉得我没有，冬天来了我连一件冬衣都没买，去年买的不算！

“为什么你们不能做到抑制住自己的购物欲呢？”

对啊，我为什么不能抑制住呢？

因为我有钱。

当然这是说笑，事实上，每当双十一临近，我总会听到我的那群酒肉朋友发出痛彻心扉的呐喊：

“为什么我控制不住我罪恶的双手，我又下单了啊！”

罪恶？哪里罪恶了？物欲强怎么了？

我是抢银行了还是抢你钱包了，我自己辛辛苦苦加班赚来的钱我想怎么花关你什么事？

不知道从什么时候开始，购物开始和反智主义联系在一起。

基本就是，你看这群喜欢买买买的女人一看就是没读什么书，真的，钱都交了智商税了，这种东西也买。

就跟金发一定是美人，大胸一定是蠢人一样，得出：买买买一定是笨人。

看到我们衣柜和梳妆台上战利品的价格的时候，总是露出一种“你不是智障吧”的神情。

还有人竟然敢拆 ReFa 美容仪，拆完了之后不仅毫无悔改之意，竟然还以一种占领智商高地的表情告诉我们：

看，你们女生花这么多大洋买的东西不过一堆破铜烂铁而已。

浑身上下充满着“众人皆醉我独醒”的自恋感。

你知道我花了这么多大洋买你还敢拆，房子还价格虚高呢？

你怎么不把你家房子拆了呢？

你信不信我把你拆了！

我并不是怂恿大家去拜金，我觉得只要没有出现：家里没钱，自己没钱，吃不上饭还要借钱的情况，同时还具有完

全行为能力的话，请你不要打扰我们买东西，我们清楚自己在做什么，OK？

每次在家看到满满的衣柜和沙发上堆的都是我的衣服的时候，我心里就会油然而生一种幸福感。

断舍离固然是好，但不是我过的日子，我就是喜欢家里被我买的东西塞得满满的，甚至看上去有点乱的样子，这让我感到安定，说白了，我也就是俗人一个，就是喜欢你们说的那些“又贵又漂亮的垃圾”。

最后送上范湉湉女王金句：

“为什么要压抑自己的天性？”

想买就买吧。

永远不要相信的话

你还是胖点可爱

附录

90 斤的世界和 120 斤的世界有什么不同

热水袋与冰西瓜

对不起
十岁以前的事情不太记得
120 斤的世界倒是挺苦的

90 斤挤公交如见缝插针
120 斤挤公交如开车看到了红灯——闯不过去

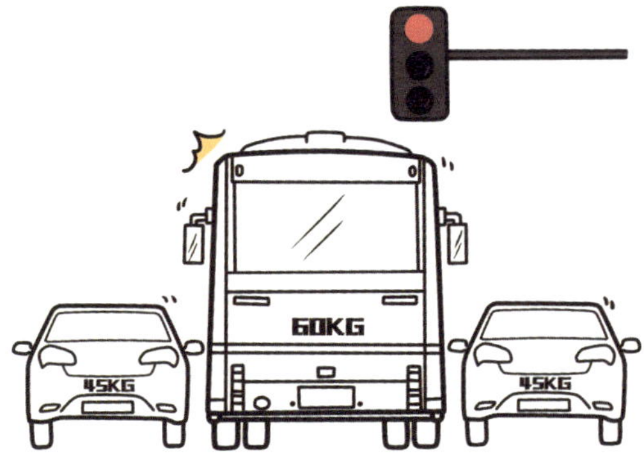

在 90 斤的世界看 120 斤的是胖成猪
在 120 斤的世界看 90 斤的是瘦成狗

90 斤的时候觉得自己真胖
现在达到了 120 斤
觉得自己 90 斤的时候真作
以前别人夸我漂亮
现在别人夸我有内涵

90 斤就是当男朋友抱你时说“亲爱的，你真的好轻”
120 斤的时候男朋友打算抱你
一下子没有抱起来，再试一次
然后说“亲爱的，你看起来好轻”

从前体重 90 斤的时候跑步只有胸在颤
现在 120 斤
除了胸在颤，还有肚子上的肉、
胳膊上的肉、腿上的肉和脸上的肉

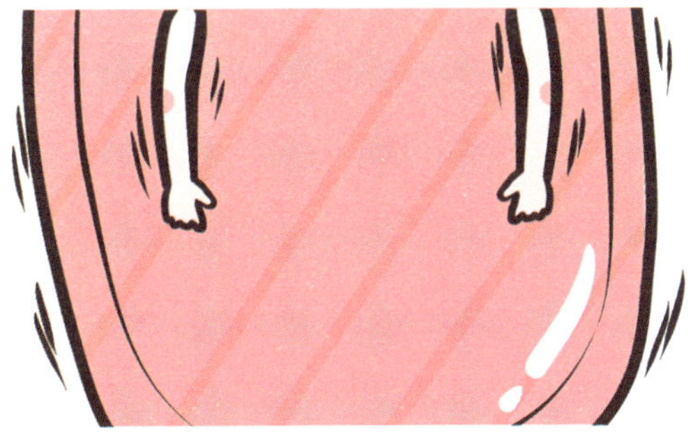

一样的一份饭
90 斤的人吃了会被说“你这么瘦还吃这么少”
120 斤的人吃了会被说“你这么胖还吃这么多”

90 斤的时候看见别人穿紧身裤
不明白胖子为什么也爱穿
120 斤的时候才明白不是胖子爱穿紧身裤
而是穿到身上才发现裤子都变成了紧身裤

你可能交了一个假男朋友

热水袋与冰西瓜

两个人走在马路上
他会走在内侧
以免你觉得挤得慌

你在逛某宝
他会帮你一键清空购物车
以免你自己“剁手”

为了更好地融入你的朋友圈
他会和你的闺密打得火热

出去玩从不跟你说
免得你担心

为了不打扰你睡觉
他从来不会说晚安
一般直接关机

拍照技术堪忧
手机里存着的全是你的丑照
还把你的素颜照发到朋友圈
说真实的你最美

<发现　朋友圈

小西

女神卸了妆原来是这样啊!

1分钟前

小南：祝你幸福!

小北：666!

小东：兄弟你还活着吗?

大姨妈来了
你不能吃凉的
为了顾及你的感受
当着你的面吃冰激凌的时候尽量不发出声音

两人出去
如果恰好有风
他不会只顾着自己走
还会贴心地帮你掀开刘海

你病了
无论头疼胃疼姨妈疼
从来不说多喝热水这种俗套的话
他会直接买一桶水给你
让你一个人喝水喝到醉

吵架时
为了能更好地意识到自己的错误
他往往能一人分饰几个角色
生动形象地给你讲道理

男朋友的正确打开方式
他中了几条

热水袋与冰西瓜

督促我的饮食起居
连喝水都要管

冬天怕我受寒
夏天怕我中暑

我让他别为我花那么多钱
他说“你就是要嫁给我的人，
花再多都是值得的”

和他出门不用带脑子
钥匙钱包全归他管

在他眼里我才两岁
跟他在一起毫无自理能力

我爱吃什么
哪一种要吃哪家
他都记得

我们两个人在一起遇到的所有问题
他都会说“有我在”

每次打车他都会给我先开门
用手挡一下头顶

女生恋爱为什么需要仪式感

热水袋与冰西瓜

恋爱是需要仪式感的
很多时候谈恋爱久了
对方就慢慢开始不注重细节了
我们需要仪式感来保持初心
保持激情

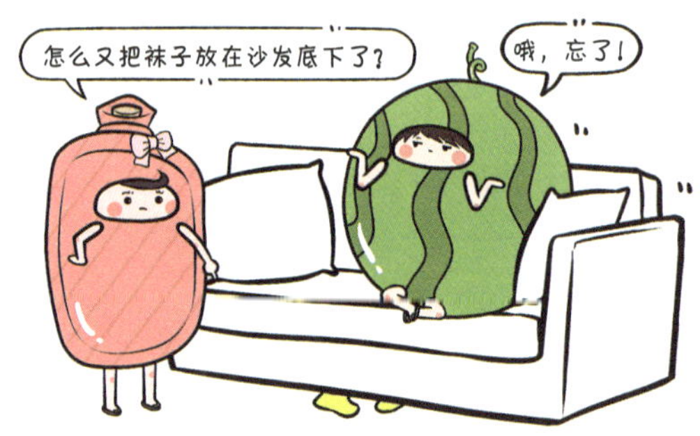

可能我再也不能
像高中生那样谈恋爱
可是我们还希望
能像高中那时喜欢得那么纯粹
一辈子这么长
不应该让生活模糊了爱情该有的样子

我不需要通过仪式证明我们相爱
可是却需要这些仪式来表达我们的心意

婚礼是爱情修成正果的仪式
过年是家人团聚的仪式
自古以来
这些重大的节日都是具有特殊意义的一种仪式

如果可以
我希望每天
早上醒来有你的问候
晚上睡前有你的晚安
一个简单的动作却让我
时刻体会被爱的感觉

交往的纪念日
重要的节日、生日
只要和两个人有关的日子全要记得清清楚楚
这些都是我们相爱的证据

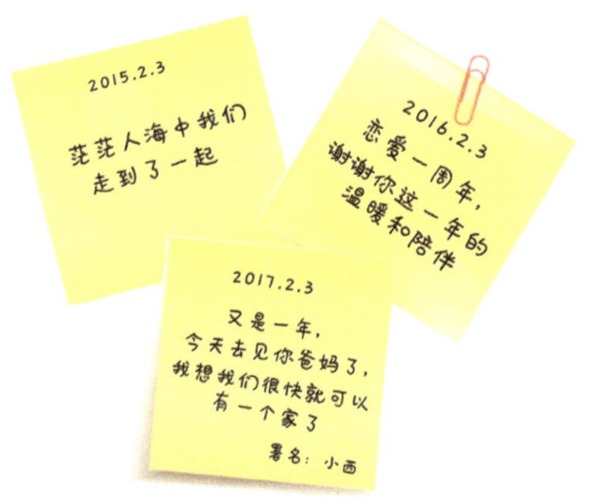

有人说，平淡似水的爱情才可靠
可我们并不是一定要多么轰轰烈烈
只不过恋爱里的这些仪式
是我们爱情良好的保鲜树

这些爱情里的仪式感并非矫情或虚伪
它代表着一种肯为对方努力花心思的态度
爱情本来就是看不见摸不着的东西
如果一味地把爱放在心里
不是谁都可以马上体会到的

我想我需要
圣诞节的雪花
春节的红包
情人节的玫瑰
我需要这些仪式感
点缀我和你的点滴
纪念我们的爱情

情侣吵架时最不能说的十句话

热水袋与冰西瓜

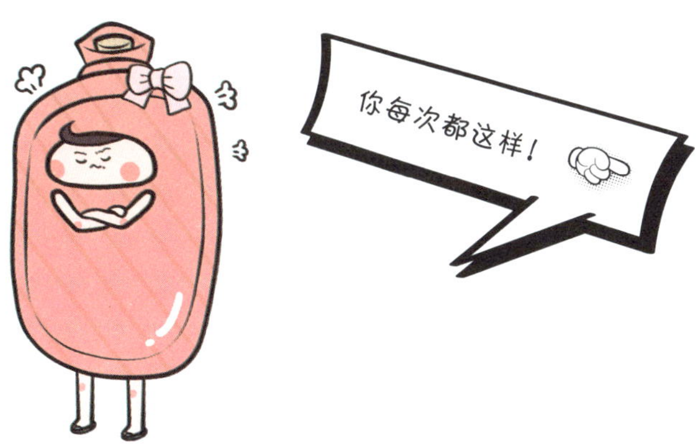

你想怎么样就怎么样吧！

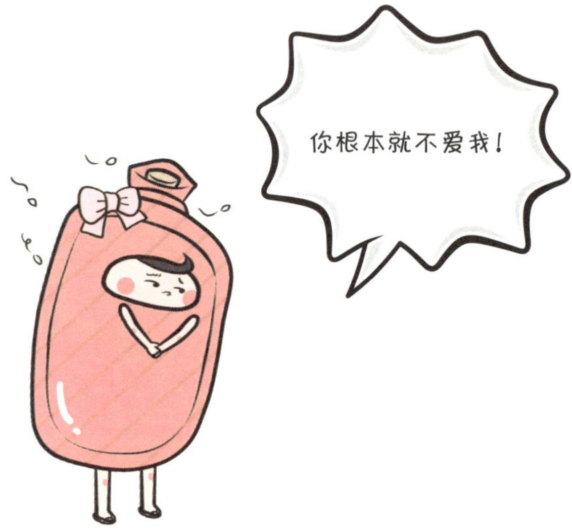

你根本就不爱我！

你能不能成熟点？

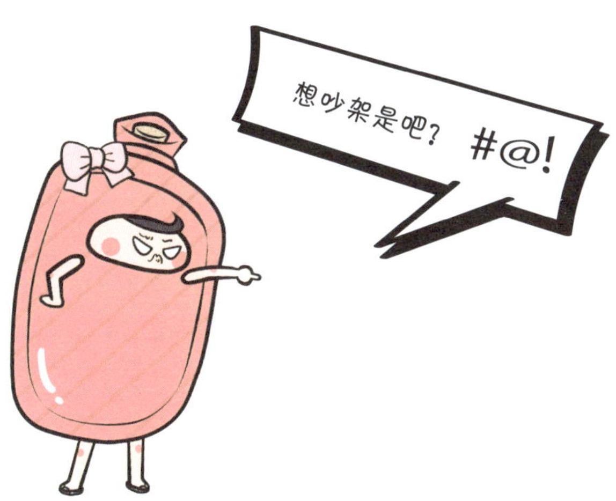
想吵架是吧？ #@!

都是我的错，行了吧！

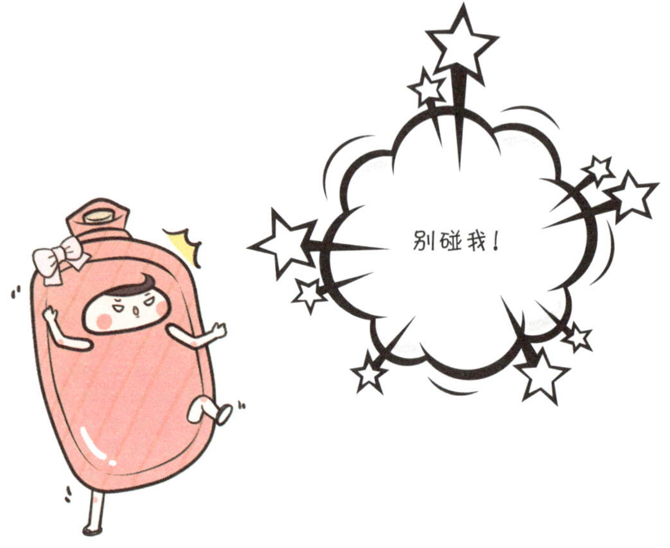
别碰我！

我困了，睡觉吧！

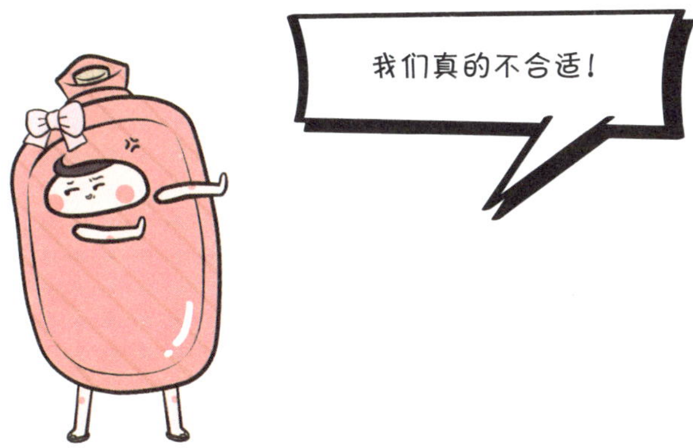

我们真的不合适！

我们分手吧！

后　记

我在前两天的晚上问袋哥，如果可以回到人生的任意一个阶段，你想回到什么时候?

袋哥想了想和我说，想回到五岁，回到 1998 年。

因为五岁是我们梦想启程的地方，那个时候我们刚刚认识这世界，有无数的梦想要在这个世界完成。那时候我们会好奇，长大后的我会是什么样的呢？一个五岁的小孩子可能想成为一个宇航员、科学家、作家，会整天整夜地和大人分享自己的“梦想”。而当我们真的变成了大人之后，我们的眼里就只剩下赚钱了。梦想什么的并不能当饭吃。

曾经每一个灵魂都是彩色的，都是独一无二的，但后来生活让我们变得千篇一律。

好在人生的第二个本命年，我们至少还是完成了“出书”这个梦想，虽然称不上作家，但好歹算是离曾经理想里的自

己更近了一步。

出版人生的第一本书，是一种神奇的体验，有时候我晚上坐在电脑前看着自己过去的稿子，会突然萌生出把每一个字都修改一遍的想法。觉得这句话写得不生动，那一段看起来有点多余，指头停留在键盘上，删了又恢复，恢复又删掉。

其实“热水袋与冰西瓜”里精彩的故事很多，但在出版的过程中，不得不选择性地留下一部分。

但这并不代表那些故事不动人，相反，我的邮箱里每天仍然有新的故事投稿进来，那些故事有长有短，或许寥寥数十字里就是一个人整个的青春期。

曾经有个女孩子问我，她有多么喜欢一个男生，喜欢了八年，但是今天那个男生要和别人结婚了，她应该怎么办？我在回复栏里打了几百字，我本来是想告诉她你应该如何如何做才能让那个男生知道你的心意，要怎样做才能走出这段悲伤的感情。但把那些内容编辑好之后我犹豫了很久很久，然后把它们全都删掉了，只回了她两个字“抱抱”。

我们可以站在旁观者的角度对一段感情给出无数个看似理性客观的建议，让那些痴情的人放弃。但当我们自己身陷感情的囹圄的时候，我们根本听不进去那么多大道理。在那个时候我们只想找一个人，找一个肩膀，把自己的痛苦告诉他，然后大醉一场沉沉睡去。

有句话说得好："哪里有什么感同身受，针不刺到自己身上，永远不知道那有多痛。"

"热水袋与冰西瓜"始于一段失败的恋爱，但也是它让我在失恋之后变得越来越强大，越来越成熟。我也终于可以给那些正在恋爱的情侣一点人生经验了。

那些打不败我们的，终将让我们更强大。

人的一生一定会有一段时间，为了感情不顾一切。这没什么不好意思的，我想，可能再坚强的人都会有过失恋后痛哭的经历。

同样，很多人也会在经历了太多之后，到达一个不敢再轻易去爱的阶段。即使出现了喜欢的人，也会畏畏缩缩不敢表白。

这些都是曾经的我，或许也是现在的你。

但无论承受多少伤害，我们都会期待下一段美好感情的到来，就像五岁那年，我们趴在窗台上憧憬自己的未来。

感谢每一个粉丝对我们的支持，尤其是在最初的岁月里给予我们鼓励的粉丝，从我的第一篇文章到第一幅漫画，再到我自己录制的第一条音频，没有你们的支持，今天的这一切都无从谈起。

感谢和我一同整理稿件的编辑同志，没有他们的不断催稿，以我俩的拖延，这本书的出版一定遥遥无期。

当然，最需要感谢的，是此刻正捧着书的你，作为第一次出版实体书的作者而言，我俩的文笔并不十分出色，这本书里可能也有一些不足，但我们会尽力把一些有意思的故事走心地讲出来。能在书店里那么多本畅销书里获得你的青睐，我们万分感谢。

如果这本书里的某一篇某一句，戳到了你心里的某个点，说明我们曾经在某个相似的阶段，经历过某些相似的事情。跨越时空和距离，我们依然能够感同身受。

很幸运能在你人生的这个阶段陪伴你，希望我们的文字可以抚去你眉间的忧郁，让你能够感到暖心和慰藉。

世界依旧很大，大到总有一个对的人在等你。

2018　小西